浯溪水永真

——当代诗人咏浯溪

政协祁阳县委员会 编

湖南大学出版社

内容简介

浯溪位于湖南省祁阳县城湘江南岸。

这里依山傍水，三峰崛起，危崖高耸，怪石林立，古木参天，绿树浓阴，宛如一幅秀美的画屏。唐代诗人元结于大历元年（766）开辟浯溪以来，历代名人纷至沓来，题碑刻石，形成罕见的摩崖石刻群。现保存碑刻500余方。

浯溪的自然景观和人文景观融为一体，素有"诗山、画山、文字山"的美誉，堪称书法石刻宝库、文学艺术殿堂，是全国重点文物保护单位，爱国主义教育基地，旅游胜地。1988年，无产阶级革命家陶铸铜像屹立于此，千年古园，更添新姿。

本书汇编了当代300多位作者的诗词、辞赋900多首（篇），是一份珍贵的历史资料，值得欣赏和收藏。

图书在版编目（CIP）数据

浯溪水亦香：当代诗人咏浯溪／政协祁阳县委员会编 . — 长沙：湖南大学出版社，2018.12
ISBN 978-7-5667-1706-1

Ⅰ . ①浯 … Ⅱ . ①政 … Ⅲ . ①诗词—作品集—中国—当代 Ⅳ . ① I227

中国版本图书馆 CIP 数据核字（2018）第 296424 号

浯溪水亦香——当代诗人咏浯溪
WUXI SHUIYIXIANG——DANGDAI SHIREN YONG WUXI

编　　　者：	政协祁阳县委员会
责 任 编 辑：	熊志庭
出 版 发 行：	湖南大学出版社

社　　　址：湖南·长沙·岳麓山　　邮　　编：410082
电　　　话：0731-88821691（发行部）88821174（编辑部）88821006（出版部）
传　　　真：0731-88649312（发行部）88822264（总编室）
电 子 邮 箱：743220952@qq.com
网　　　址：http://www.hnupress.com
印　　　装：衡阳顺地印务有限公司　　彩　　页：8　　印　　张：16.25
开　　　本：710 mm × 1000 mm　16开　　字　　数：227 千
版　　　次：2018年12月第1版　　印　　次：2018年12月第1次印刷
书　　　号：ISBN 978-7-5667-1706-1
定　　　价：66.00元

陶铸《东风》诗

浯溪全景

陶铸铜像

元结颜真卿塑像

《大唐中兴颂》碑

浯溪碑林大门

浯溪三绝堂

峿台晴旭

浯溪铭

宝篆文光

越南使者《镜石》碑

《浯溪水亦香——当代诗人咏浯溪》
编纂机构人员

编纂委员会

顾　　问:周新辉　金　彪　陈小平　邓晓阳
　　　　　陈　莉
主　　任:郑增啟
副 主 任:郑　弋　陈振文　于建春　文英雄
　　　　　黄爱蓉　桂　湘　汪亚雄　张松柏
委　　员:王双春　李爱华　陈麒旭　陈　萍

编写人员

主　　编:文英雄　伍锡学
副 主 编:王双春　唐　蓉
初　　审:张松柏　李　君
终　　审:郑增啟

序　一

◎ 郑增启

中国浯溪，是中国文学、书法皇冠上的一颗熠熠生辉、光彩闪烁的明珠。

浯溪，坐落在湖南省祁阳县城内的湘江南岸。江畔苍崖石壁，巍然突兀，水木清华，风景秀丽。自唐代诗人元结于代宗大历元年（766）卜居浯溪，开辟摩崖石刻，镌上《大唐中兴颂》碑1247年以来，无数的帝王将相、文人墨客、才子佳人、僧侣农夫、外国使者……都为之吸引、迷恋。其中不少人为之写诗、填词、作赋、绘画。

浯溪现存唐代至民国的石刻有505方。游人到此，但觉琳琅满目，应接不暇。由此而形成的浯溪露天摩崖石刻，在全国摩崖中出类拔萃。它是民族文化之乡，文物荟萃之乡，形成一部庞大的石书，一座书法艺术的宝库。它在文化史上的地位是崇高的，在书法艺术上的价值是无与伦比的。因此，祁阳人自豪地说，独一无二的浯溪是家乡的金字塔。

1981年1月29日，浯溪摩崖石刻被列为湖南省重点文物保护单位。1988年1月13日，被国务院公布为第三批全国重点文物保护单位。1988年1月16日，无产阶级革命家陶铸同志铜像在浯溪公园揭幕，千年古迹更添新姿。1991年3月，浯溪被列为第二批省级风景名胜区。1995年被列为第一批湖南省爱国主义教育基地。2004年被评为湖南十大文化遗产和百姓喜爱的湖南百景之一。2015年7月，获评国家全民国防教育示范基地。2007年1月被评为国家AAA级旅游景区，4月被列为湖南新"潇湘八景"之一。2009年2月被国家批准为AAAA级旅游景区。

中华人民共和国成立后，特别是党的十一届三中全会后，随着改革开放的深入和经济社会的发展，在奔小康的道路上，人民生活水平不断提高，人民精神生活不断丰富，越来越多的人向往旅游，越来越多的人向往浯溪，都以能到浯溪一游为幸。他们中的一部分人，在参观浯溪之时，或即景生情，即兴赋诗；或归去之后，精心创作。其中许多作品，发表在全国各地乃至海外的报刊上。

今年是浯溪建置1252周年。为了更好地宣传和推介浯溪，我们特选编了当代部分诗词、辞赋，出版这本《浯溪水亦香——当代诗人咏浯溪》，以飨读者。

我相信，读者在阅读本书时，一定能透过诗人们以新颖的视角、饱满的激情、精巧的构思、生动的语言写成的诗词、辞赋，从而获得对浯溪更多更新更深的了解，对中华传统文化产生更浓厚的兴趣。

是为序。

2018年10月

序　二

◎伍锡学

浯溪,是祁阳文化的名片。有关祁阳的最早的文学作品,都存在于浯溪摩崖石刻上。自从唐代诗人元结开辟浯溪摩崖石刻以来,浯溪文化,不仅促进了祁阳文化,也促进了中国文化乃至世界文化的发展。

首先,我们应为浯溪石刻正名。据词典解释:摩崖,指在山崖石壁上的文字,摩崖是永远露天固定在崖壁原处的不动碑;碑林,则指碑、碣荟萃之处,碑、碣是可以移动的活碑。1988年国务院公布的第三批重点文物保护单位,就命名为"浯溪摩崖石刻"。这个名称,应无异议。可有些人却固执己见,称之为"浯溪碑林"。而附和称"浯溪碑林"的人,则更多了。

浯溪摩崖石刻中心区的大唐中兴碑,上面刻着唐代大文学家元结撰文、唐代大书法家颜真卿书丹的《大唐中兴颂》。此为浯溪摩崖石刻的核心与精华,蜚声海宇,世有定评。颂文的主题思想,当然如文题所示:歌颂、呼唤、企盼大唐中兴。可是,从宋代开始,却有一些人提出异议。有人说颂文不是颂德而是揭过。也有人说元结是用委婉含蓄的笔法讥讽皇上,"摩崖之碑乃一罪案,何颂之有"。最具代表性的说法是:"元结的《大唐中兴颂》确实是名颂实讥的。"且影响了现代许多人。

不论明讥暗讥,不论严辞婉辞,其为讥则一。我们认为:说元颂不是颂而是讥,在理论上和事实上都是站不住脚的。

元结是忠臣,他忠心耿耿,竭心尽意为朝廷效劳,为平叛安史之乱立下赫赫战功。皇上也没有负他,给他加官进爵,后又放任道州刺史。使他有机缘结识浯溪,开辟浯溪。像他这样的人,岂能产生二心,写文章讥讽皇帝老儿。

颜真卿是儒家思想的实践者和捍卫者。他的书法崇高神圣,气度雍容,字里行间充分表现出中正的儒家思想。宋代欧阳修说:"颜公书人,忠臣烈士,道德君子"。他的书品和人品是非常完美地结合在一起的。忠君爱国的颜真卿怎么肯执笔写讥讽当今皇上的文章。镌刻《大唐中兴颂》的摩崖呈南北走向。为了与北方的长安连成一线,以示忠节,所以颜真卿打破常规,左起书写。

且看《大唐中兴颂有序》开头:"尚书水部员外郎兼殿中侍御史荆南节度判官元结撰,金紫光禄大夫前行抚州刺史上柱国鲁郡开国公颜真卿书。"颂碑开头二人的官衔和署名,恰好是平定安史之乱后朝廷对功臣的嘉封。元结洋洋得意地写下这些,正说明元颜二公对朝廷是感恩戴德的。倘若心怀愤懑,要写一篇名颂实讥的文章,他就不可能把自己不喜欢的人对自己的嘉封,进行炫耀。

况且,在封建专制时代,君王至高无上,君权神圣不可侵犯。讥讽真龙天子,属"大不敬",会遭到满门抄斩之祸。元结纵有贼心,也没有贼胆,将讥讽当朝皇上的文章公开刻石,使之流传。再说,《大唐中兴颂》于唐代宗大历六年(771)六月上石,到唐昭宗乾宁三年(896)唐朝灭亡,长达126年,历12位君王。这期间,朝廷有那么多栋梁之材、饱学之士,难道没有一个能看出颂文含讥的人?倘含讥讽,他们一定会上奏朝廷,皇上一定会下诏立即彻底铲毁。果真如此,那就没有现在意义上的浯溪了。

所以说,《大唐中兴颂》是颂,颂唐室中兴,斥乱臣贼子,并无讥刺意。

中共中央提出建设和谐社会,这无疑是英明之举。此时,却有人牵强附会地提出:《大唐中兴颂》"这部国策式的颂文核心又是什么?只有一个字,和!""希望以'和'为本,君臣团结,军民团结,和谐共处,和衷共济,中兴大唐。"

这一论点的提出,有点离谱。唐代的安史之乱,是中华民族的一场浩劫。由于朝廷"孽臣姦骄,为惛为妖",使得安禄山、史思明等"边将骋兵,毒乱国经,群生失宁"。而"大驾南巡"以后,"百寮窜身,奉贼称臣"。元结欢呼"储皇抚戎,荡攘群凶","宗庙再安,二圣重欢"。期盼"蠲除祅灾,瑞庆大来"。《大唐中兴颂》就忠实记录了唐王朝镇压安史之乱这段历史。在这个特殊年代,岂能以"和"为本。对起兵叛乱的贼子,不能"和",只能征剿;对屈膝投降的臣子,不能"和",只能肃清。况且,元结的《颂》,只是歌颂"大唐中兴",并不是为中兴大唐出谋献策。要献国策,他完全可以另写"时议"。因此,可以说,《大唐中兴颂》的核心是两个字:中兴。

以上所言,只是我个人对《大唐中兴颂》的刍议。对浯溪其他碑刻,我也自有自己的看法,限于篇幅,不一一阐述了。

对于博大精深的浯溪碑文,由于各人看问题的立足点不同,往往会各有各的看法。出现分歧,甚至对立,各执一词,也不足为奇。此种情况,过去存在,今后仍然还会存在。有些看法,随着时间的推移,又往往会发生改变。这种种观点,也充分反映在诗词创作中。编者从不将自己的观点强加于人,厚此薄彼,排斥异见。只要艺术上过得去,不管作品持什么观点,编者一概加以收录。编者信奉的是:百家争鸣,百花齐放。

2018年10月18日于银杏斋

凡　例

一、《浯溪水亦香——当代诗人咏浯溪》，选录的是描写、赞美浯溪的当代诗词、当代辞赋作品。凡与浯溪无关的作品一律不收。

二、本书所载作品的时间范围为当代，上限为1949年10月，下限为2018年8月。

三、本书作品的来源，绝大多数为编者多年来阅读全国各地印刷、出版的报刊时，编辑诗词刊物时，逐步积累下来的。也有少数是编者约稿的。

四、本书只辑录旧体诗词和骈体辞赋，不辑录新诗、歌词和歌谣。

五、本书辑录的作品分五绝、七绝、五律、七律、古风、雅词、散曲和辞赋八辑。律诗、散曲、辞赋以大致相同的内容排列在一起，古风以写作时间先后排列，雅词按词谱字数，从少到多排列。第一辑五绝含35位作者的39题46首。第二辑七绝含185位作者的230题368首。第三辑五律含39位作者的44题59首。第四辑七律含160位作者的222题256首。第五辑古风含21位作者的24题24首。第六辑雅词含66位作者的106题127首。第七辑散曲含13位作者的16题16首。第八辑辞赋含14位作者的13题13篇。

六、本书的作者，有领导、干部、军人、学者、教师、编辑、医生、画家、书法家、摄影师、企业家、个体经营者、农民、学生、台胞、港胞、日本友人等。

七、本书的作者姓名之后括号里，为作者的籍贯地或工作地。有些作者，某处为籍贯地，某处为工作地，并不矛盾。实在不知的只好阙如。但都不列作者简介。

目 次

五 绝

杨仕衡　赞浯溪胜境 …………………………………… 1

周文忠　浯溪行 ………………………………………… 1

毛羽润　浯溪 …………………………………………… 1

尹　辉　浯溪 …………………………………………… 2

何维庭　浯溪 …………………………………………… 2

胡迪闵　浯溪 …………………………………………… 2

彭　瑛　浯溪 …………………………………………… 2

黄承先　浯溪 …………………………………………… 2

冯国喜　浯溪 …………………………………………… 3

桂兹爱　咏浯溪 ………………………………………… 3

张榆关　三绝碑 ………………………………………… 3

毛梦溪　浯溪石刻 ……………………………………… 3

李孟光　春望浯溪 ……………………………………… 3

史　鹏　过浯溪读元结《大唐中兴颂》碑有感 ………… 4

刘人寿　读浯溪《大唐中兴颂》碑 …………………… 4

朱　瑾　浯溪观大唐中兴碑 …………………………… 4

谌　震　题浯溪摩崖 …………………………………… 4

季宗权　读颜公碑 ……………………………………… 4

詹　苾　浯溪吟 ………………………………………… 5

朱　帆　过浯溪 ………………………………………… 5

李　潺　浯溪摄影 ……………………………………… 5

石　文　偕钟茂林先生同游浯溪,步其《口占》 ……… 5

谭绪管　浯溪流连(四首) ·· 5

陈鹏飞　浯溪吟/登峿台/隔江望峿台 ···························· 6

朱　桓　峿台晚眺 ·· 6

张泽槐　题浯溪镜石 ·· 7

王　鹏　浯溪镜石 ·· 7

王建文　陶铸铜像落成典礼 ·· 7

刘飘然　瞻仰陶铸同志铜像 ·· 7

伍锡学　题陶铸铜像/大唐中兴碑 ···································· 7

桂　芝　题陶铸铜像 ·· 8

彭式政　题陶铸纪念馆 ·· 8

黎笃田　浯溪诗书会即兴 ··· 8

黄良知　浯溪杂咏(三首)/浯溪赏月晚会(三首) ················ 8

李玉明　拜读桂多荪老师《浯溪志》感言 ························· 9

七　绝

陶　铸　东风 ··· 11

文建虎　奉和陶铸同志《东风》 ···································· 11

唐际绍　怀念陶铸步陶铸《东风》诗韵 ···························· 11

李昭和　敬步陶铸《东风》诗韵 ···································· 12

王干成　敬步陶铸《东风》诗 ······································ 12

蒋　炼　读陶铸《东风》诗用原韵 ································· 12

陈显誉　奉和陶公《东风》诗韵 ···································· 12

段士葆　步陶铸《东风》诗 ··· 12

黄承先　敬步陶铸《东风》诗/浯溪 ································ 13

刘　英　浯溪公园谒陶铸《东风》诗碑(二首) ·················· 13

王任重　怀念陶铸同志——参加陶铸铜像揭幕仪式有感 ··········· 13

李　祁　眼病中遣闷(二十首选一) ································ 14

万　迁　谁领三吾风骚 ·· 14

蔡厚示　游浯溪 ……………………………………… 14

萧　劳　无题 ………………………………………… 14

张鹤皋　仿宋人体赞浯溪 …………………………… 14

邓先成　游浯溪 ……………………………………… 15

史树青　咏浯溪碑林 ………………………………… 15

黄春芳　咏浯溪碑林 ………………………………… 15

罗芷生　访浯溪 ……………………………………… 15

杨第甫　咏浯溪摩崖 ………………………………… 15

吴容甫　赠浯溪文管处/颂陶铸同志 ……………… 16

胡六皆　谒浯溪碑林并呈诸老(三首) …………… 16

廖奇才　重游浯溪 …………………………………… 16

伏家芬　游览浯溪读唐碑/参观陶铸革命事迹陈列室 … 17

范丁凡　浯溪行(二首) …………………………… 17

黄　琳　浯溪读碑/浯溪碑林口号 ………………… 17

徐瑞理　浯溪揽胜 …………………………………… 18

刘知白　浯溪 ………………………………………… 18

陶　杰　浯溪抒怀 …………………………………… 18

陶　溥　浯溪瞻陶铸铜像 …………………………… 18

康　杜　怀浯溪 ……………………………………… 19

陈祚璜　游浯溪 ……………………………………… 19

王先银　题浯溪公园(二首) ……………………… 19

王双春　游浯溪(二首) …………………………… 19

熊盛元　梦浯溪 ……………………………………… 20

李谷秋　某君等来谈浯溪(二首) ………………… 20

王邦建　访浯溪碑林(二首) ……………………… 20

石川忠久　浯溪 ……………………………………… 20

邓盛恩　游浯溪碑林 ………………………………… 21

彭乐三　浯溪古渡 …………………………………… 21

朱五福　谒浯溪陶铸铜像/浯溪摩崖三绝/读涪翁浯溪摩崖碑刻
　　　　《书摩崖碑后》 ·· 21

徐　芸　读《大唐中兴颂》石刻 ·· 22

刘飘然　过浯溪/访浯溪/与诗友参观浯溪碑林/戊辰九日浯溪得句/观三绝碑
　　　　 ·· 22

胡巨柏　浯溪游(二首) ·· 23

刘振华　重阳节浯溪诗会感赋(二首) ······························· 23

黄思文　献给参加浯溪重阳诗会诸老(二首) ······················ 23

蒋大业　浯溪颂(二首)/溪口垂钓石/谒陶铸同志铜像 ··········· 23

张泽槐　贺浯溪重阳诗会/游浯溪 ·································· 24

郑　玲　浯溪 ··· 25

杨敏艺　浯溪 ··· 25

王杰元　浯溪(二首) ·· 25

郭桂顺　浯溪绝句(五首) ·· 25

屈善哉　游浯溪/重游浯溪 ·· 26

刘安然　题浯溪 ·· 26

吴田民　浯溪杂咏(四首) ·· 26

蒋贤哲　浯溪晓望/浯溪雾色/深秋夜宿浯溪,晨起漫步/浯溪秋晴 ······· 27

王建文　浯溪(六首) ·· 28

陶　钧　浯溪八景(八首) ·· 29

毛寄颖　游浯溪/浯溪书崖/中兴碑/石镜 ·························· 30

王　鹏　浯溪览胜/浯溪镜/浯溪秋游(三首) ····················· 31

周祖惕　浯溪碑林/摩崖三绝 ··· 32

邹昌彬　游浯溪/瞻仰陶铸铜像有感 ································ 32

彭树德　游浯溪(四首) ··· 32

郭荣锦　陶公铜像/三吾奇迹/碑林怀古 ·························· 33

王时越　重游浯溪(二首) ·· 33

周松吾　游浯溪 ·· 34

李志高　游浯溪(三首) ……………………………………… 34

曾凡夫　祁阳浯溪咏(三首) ………………………………… 34

桂多荪　浯溪题诗(录十首) ………………………………… 35

石　林　登峿台/憩唐亭 …………………………………… 36

陈志高　题浯溪石镜 ………………………………………… 37

蒋宝民　登峿台(二首) ……………………………………… 37

黄金辉　浯溪摩崖石刻 ……………………………………… 37

巩行远　题浯溪摩崖石刻 …………………………………… 38

蒋伯熹　雨后摩崖石刻 ……………………………………… 38

王赓民　中兴颂碑 …………………………………………… 38

段一午　浯溪忆 ……………………………………………… 38

唐异夫　浯溪杂咏(六首) …………………………………… 38

郑绍濂　纪念陶铸同志九十冥寿/谒陶铸同志铜像 ……… 39

石燕飞　三吾吟(三首)/咏浯溪景点(七首) ……………… 40

欧阳友徽　陶铸与浯溪(三首)/浯溪瞻仰陶铸铜像(二首)/

　　　　　浯溪风景(六首) …………………………………… 41

管毓熊　浯溪胜迹(六首) …………………………………… 43

蔡集中　游浯溪(六首)/陶铸铜像 ………………………… 44

颜兆祥　陶铸八十诞辰暨铜像揭幕纪念(三首) ………… 45

邹　湘　瞻拜陶铸铜像感怀(四首) ……………………… 46

吴谋宰　瞻仰陶铸铜像 ……………………………………… 46

陈玉林　瞻仰陶铸铜像 ……………………………………… 46

唐宜新　瞻陶铸铜像 ………………………………………… 47

杨赛龙　浯溪瞻铜像/浯溪渔唱 …………………………… 47

周文渊　浯溪谒陶铸雕像 …………………………………… 47

唐星照　浯溪瞻仰陶铸铜像 ………………………………… 47

胡仕斌　游浯溪谒陶铸铜像 ………………………………… 48

邓荣贵　谒陶铸铜像(三首)/清明率子拜谒陶公铜像(二首)/偕女友游浯溪

	题照(三首)	………………………………	48
易先知	浯溪(五首)	………………………………	49
钟茂林	浯溪吟(四首)	………………………………	50
唐朝阔	参观浯溪碑林	………………………………	50
伍志军	浯溪	………………………………	50
董春华	浯溪吟	………………………………	51
周成村	浯溪石境	………………………………	51
杨松林	浯溪石镜	………………………………	51
彭庵铭	浯溪石镜	………………………………	51
黎笃田	观镜石有感	………………………………	51
李长砆	浯溪怀想(二首)	………………………………	52
杨金砖	浯溪夜月/浯溪感兴	………………………………	52
唐城英	和杨金砖《浯溪感兴》	………………………………	52
邹武生	游浯溪	………………………………	52
汪竹柏	三绝堂感怀(二首)	………………………………	53
李永才	浯溪碑林	………………………………	53
朱 瑾	春临浯水	………………………………	53
赵亦初	浯溪谒陶铸铜像	………………………………	53
唐国兴	观《大唐中兴颂碑》喜吟	………………………………	54
欧启宗	纪念陶铸诞辰一百周年	………………………………	54
王 用	过浯溪桥偶成	………………………………	54
文爱华	观浯溪碑林	………………………………	54
刘芳菲	观浯溪碑林	………………………………	54
张才芝	观浯溪《大唐中兴颂》碑感赋	………………………………	55
陈石泉	重游浯溪	………………………………	55
刘志仲	题陶铸铜像	………………………………	55
唐湘麟	浯溪碑林	………………………………	55
陈俊源	浯溪碑林	………………………………	55

楚春台　游浯溪 …………………………………………… 56

陈朝晖　浯溪公园/刚烈陶公 ……………………………… 56

谭绪管　晋谒陶铸铜像 …………………………………… 56

蒋崇炳　庨亭小憩 ………………………………………… 56

吴　帆　咏浯溪碑林 ……………………………………… 56

黄警徐　浯溪 ……………………………………………… 57

陈维昌　浯溪观摩崖碑刻 ………………………………… 57

陈光华　游览浯溪摩崖(二首) …………………………… 57

唐兰亭　游浯溪 …………………………………………… 57

胡永清　浯溪漱玉观感 …………………………………… 58

彭瑞龙　读涪翁浯溪摩崖碑刻 …………………………… 58

李　成　喜读伍锡学《不是秋灾是袄灾》 ………………… 58

周仲生　读曾凡夫《浯溪研究集》(二首) ………………… 58

吕　琢　浯溪览胜(四首) ………………………………… 58

李良和　浯溪颂 …………………………………………… 59

吴拙侬　游浯溪公园 ……………………………………… 59

钟上元　浯溪颂 …………………………………………… 59

陈峻源　浯溪碑林 ………………………………………… 60

彭发校　浯溪 ……………………………………………… 60

韩伍生　游浯溪 …………………………………………… 60

邓平安　游浯溪 …………………………………………… 60

邓国生　游浯溪 …………………………………………… 60

邓集俊　游浯溪有感 ……………………………………… 61

桂　芝　浯溪藏幽/浯溪秋影 …………………………… 61

李孟光　仲秋游浯溪(六首) ……………………………… 61

张宜武　浯溪咏(三首) …………………………………… 62

方　向　浯溪咏(三首) …………………………………… 63

王家齐　浯溪即景 ………………………………………… 63

邓自强　陶铸铜像落成 …………………………………… 63

毛建龙　浯溪谒陶铸铜像 ………………………………… 64

王芳明　拜谒陶铸铜像 …………………………………… 64

杨太平　浯溪陶铸铜像 …………………………………… 64

唐盛明　题浯溪公园陶铸铜像 …………………………… 64

蒋大业　谒陶铸铜像 ……………………………………… 64

唐泽达　瞻仰陶铸铜像 …………………………………… 65

刘本建　瞻仰陶铸铜像 …………………………………… 65

张广昌　瞻仰陶铸铜像 …………………………………… 65

毛德山　祭陶铸公 ………………………………………… 65

柏诱明　瞻仰陶铸铜像 …………………………………… 65

龚启俭　瞻仰陶铸铜像 …………………………………… 66

刘年春　拜谒陶公铜像 …………………………………… 66

王东亮　拜谒陶铸铜像 …………………………………… 66

邓芝香　瞻仰陶铸铜像 …………………………………… 66

邓蔚其　秋夜月下游浯溪 ………………………………… 67

柏青竹　陶公铜像下留影 ………………………………… 67

陈　达　瞻仰陶公铜像肃然起敬 ………………………… 67

李沥青　谒浯溪陶铸铜像 ………………………………… 67

陈玉权　瞻仰陶铸铜像 …………………………………… 67

陈承宝　题祁阳浯溪公园陶铸铜像/读陶铸《松树的风格》碑 ……… 68

唐华元　瞻仰陶铸铜像和参观陶铸纪念馆 ……………… 68

彭肇国　参观浯溪陶铸革命事迹陈列室 ………………… 68

伍锡学　登浯溪虚怀阁/观浯溪利见碑廊/读《龙腾盛世》碑 ……… 68

石　文　登峿台/登峿亭/三绝堂/读张泽槐编著《越南使者咏浯溪诗文选注》/
　　　　步和宋臧辛伯《浯溪》 ……………………………… 69

黄　嵩　登浯溪六厌亭 …………………………………… 70

邓志朝　忆陶铸视察浯溪鼓励绿化/浯溪古樟(二首) ……… 70

陈鹏飞　浯溪月(三首) ················· 71

周步云　次韵和祁阳三中胡君策雄《游浯溪》(四首)/春晚偕友人游浯溪(五
首) ················· 71

高求志　新雨忆浯溪生活(四首)/浯溪漫吟(十首) ················· 72

邓　恒　题峿台 ················· 74

冯国喜　浯溪少女 ················· 74

颜　静　浯溪踏青 ················· 74

邓俊峰　浯溪赏菊 ················· 74

伍可星　春游浯溪樱花园(二首) ················· 75

五　律

万　迁　初咏浯溪 ················· 77

谭新业　浯溪浅咏 ················· 77

潘伏生　浯溪 ················· 78

谭绪管　浯溪 ················· 78

彭乐三　浯溪 ················· 78

高求志　浯溪(二首) ················· 78

黄建华　浯溪 ················· 79

黄先德　浯溪信步 ················· 79

龚启俭　浯溪/浯溪祭陶铸 ················· 79

刘礼富　祁阳浯溪游感 ················· 80

石燕飞　游浯溪碑林 ················· 80

胡迎建　读浯溪《大唐中兴颂》 ················· 81

张宜武　游浯溪读《大唐中兴颂》 ················· 81

刘绮国　浯溪观《大唐中兴颂》碑 ················· 81

何效迅　游浯溪碑林/游浯溪瞻仰陶铸铜像(二首) ················· 81

冯亦吾　游浯溪 ················· 82

刘建儒　秋登峿台 ················· 82

颜　静　冬日浯溪 ……………………………………… 83

邓俊峰　岁暮游浯溪/忆首次赏浯溪碑林 …………… 83

易先知　重游浯溪 ……………………………………… 83

肖建民　与书友游浯溪 ………………………………… 84

陈精华　陪学友游浯溪 ………………………………… 84

林梦非　浯溪重阳诗会留句 …………………………… 84

唐盛明　三吾闲咏(三首) ……………………………… 85

陶　钧　浯溪八景(八首) ……………………………… 85

毛定波　浯溪摩崖 ……………………………………… 87

唐际绍　浯溪照妖镜被日寇刺毁有感 ………………… 87

王赓民　浯溪镜石/嵧台放歌 ………………………… 88

谢彦玮　戊辰重九浯溪雅集(四首) …………………… 88

桂多荪　欢迎全省书画家浯溪雅集(二首) …………… 89

王伲思　与参加柳宗元学术讨论会诸君访浯溪元结旧居处 …… 90

彭肇国　瞻仰浯溪陶铸铜像 …………………………… 90

李时英　晋谒陶铸铜像 ………………………………… 90

金和耀　纪念陶铸百年诞辰 …………………………… 90

黄为俊　瞻仰陶铸铜像/浯溪偶占 …………………… 91

冯济泉　怀唐贤元结并陶铸 …………………………… 91

伍锡学　浯溪拜读《松树的风格》碑 ………………… 92

李　云　喜读桂老多荪《浯溪丛考》 ………………… 92

朱尧伦　读《浯溪研究集》并序 ……………………… 92

七　律

张　海　浯溪 …………………………………………… 95

彭崇谷　咏浯溪碑林 …………………………………… 95

黄警徐　浯溪行 ………………………………………… 96

桂兹爱　浯溪行(二首) ………………………………… 96

陈永耀　浯溪行 ·· 96

刘成之　浯溪行 ·· 97

谭　修　浯溪行（四首） ·· 97

王文初　浯溪行 ·· 98

佚　名　浯溪 ·· 98

斐文祀　无题 ·· 98

彭乐三　浯溪摩崖碑颜真卿书大唐中兴颂 ···················· 99

申思奇　重游浯溪 ·· 99

彭青野　游浯溪 ·· 99

马少侨　重游浯溪书感 ·· 100

彭楚明　游浯溪/题浯溪公园陶铸铜像 ······················ 100

桂兹培　游浯溪 ·· 100

李永才　游浯溪 ·· 101

刘祖光　游浯溪 ·· 101

石　林　游浯溪 ·· 101

毛德山　游浯溪 ·· 101

邓明良　游浯溪 ·· 102

王杰元　游浯溪/瞻仰陶铸铜像 ······························ 102

柏　英　游浯溪 ·· 103

唐华元　游浯溪 ·· 103

冯弹铁　游浯溪 ·· 103

申智鹏　游浯溪 ·· 103

彭庵铭　游浯溪 ·· 104

何富礼　游浯溪 ·· 104

王　璘　游浯溪 ·· 104

周文杰　游浯溪偶成 ·· 105

冯恩泽　游浯溪公园并谒陶铸纪念馆 ························ 105

罗名洪　游浯溪怀元结 ·· 105

邹　湘　　游浯溪感怀/重游浯溪 ……………………………… 105

刘惟真　　丁卯仲春游浯溪(三首) …………………………… 106

李仁树　　春游浯溪(二首) …………………………………… 107

龚启俭　　春回浯溪/夏享浯溪/冬吟浯溪 …………………… 107

蒋德芝　　春游浯溪/浯溪览胜 ……………………………… 108

谢强安　　春访浯溪 …………………………………………… 108

李珠平　　夏访浯溪 …………………………………………… 109

何象贤　　随诗会同仁雨中游浯溪(二首) ………………… 109

罗　以　　夏日游浯溪观历代石刻怀唐贤元结 …………… 109

周厚敦　　畅游三吾/咏碑林 ………………………………… 110

曹中庆　　游浯溪感赋 ………………………………………… 110

王善民　　仲秋游浯溪 ………………………………………… 110

赵科程　　浯溪之美 …………………………………………… 111

欧启宗　　赏浯溪风光 ………………………………………… 111

周松吾　　浯溪虚怀亭/浯溪碑林/浯溪四季吟(四首) …… 111

周仲生　　浯溪吟笺(六首)/拜谒陶铸同志铜像/清明陶铸铜像前祭奠 … 112

曾玉衡　　戊辰重九浯溪雅集即兴 ………………………… 114

毛寄颖　　浯溪戊辰诗会书感/浯溪胜境 ………………… 115

刘　坚　　浯溪诗会书感/瞻仰陶铸同志铜像 …………… 115

刘振华　　重九登峿台览胜 ………………………………… 116

刘飘然　　戊辰重九浯溪雅集喜赋/重游浯溪 …………… 116

何效迅　　参加祁阳重阳诗会有感 ………………………… 116

蒋传耀　　浯溪碑林 ………………………………………… 117

刘文灿　　浯溪公园 ………………………………………… 117

桂兹孝　　浯溪颂 …………………………………………… 117

毛定波　　浯溪公园 ………………………………………… 118

胡道杰　　步毛定波《浯溪公园》 ………………………… 118

蒋　瑛　　步毛定波《浯溪公园》 ………………………… 118

胡本凡　浯溪风光/游湘江浯溪大桥 ……………………………… 118

刘本美　浯溪观感(二首) ………………………………………… 119

桂来球　浯溪 ……………………………………………………… 119

颜　静　浯溪/浯溪春色/浯溪公园谒陶铸铜像 ………………… 120

郑国栋　浯溪吟(四首) …………………………………………… 120

黄运隆　浯溪游 …………………………………………………… 121

文三毛　题浯溪碑林 ……………………………………………… 122

廖奇才　游浯溪/癸酉秋游浯溪偶兴/五游浯溪/陶铸八十周年诞辰暨铜像

　　　　落成纪念 ………………………………………………… 122

李志高　赞浯溪/再游浯溪 ……………………………………… 123

蒋先党　赞浯溪 …………………………………………………… 123

范千乘　重游浯溪 ………………………………………………… 124

李　雅　重游浯溪 ………………………………………………… 124

张先明　重游浯溪 ………………………………………………… 124

雷昆源　重游浯溪/陶铸铜像揭幕 ……………………………… 124

刘安然　重游浯溪 ………………………………………………… 125

朱绍濂　重游浯溪 ………………………………………………… 125

张　宾　重游浯溪 ………………………………………………… 126

李孟光　浯溪三韵/谒陶铸同志浯溪诗墙 ……………………… 126

尹　辉　浯溪赏雪 ………………………………………………… 127

文建虎　咏浯溪 …………………………………………………… 127

周拥军　咏浯溪 …………………………………………………… 127

何敦渭　咏浯溪 …………………………………………………… 128

陈精华　咏浯溪 …………………………………………………… 128

管毓熊　颂浯溪/游浯溪/重游浯溪 …………………………… 128

许国珩　赞浯溪 …………………………………………………… 129

伍仲仁　浯溪怀古 ………………………………………………… 129

邓俊峰　浯溪风景区感赋 ………………………………………… 130

王赓民　浯溪公园 …………………………………………………… 130

李宴民　浯溪公园 …………………………………………………… 130

刘大松　浯溪公园 …………………………………………………… 130

盛树森　浯溪采风(二首) …………………………………………… 131

方　向　今日浯溪 …………………………………………………… 131

胡策雄　戊辰重九登峿台即席赋此(二首)/再登峿台(四首)/访唐碑 132

高求志　浯溪八景步杜甫秋兴韵(八首)/读元结传感怀 …………… 133

伍锡学　拜读《大唐中兴颂》碑/戊辰早春泛舟游浯溪/戊辰九日峿台登高 /

　　　　涷雨初晴到浯溪/浯溪公园宋樟/浯溪公园空心樟 ……… 135

桂多荪　浯溪摩崖三绝/剑寒同志八十冥诞铜像揭幕 ……………… 137

邓荣贵　读浯溪摩崖石刻 …………………………………………… 137

任羽皋　读《大唐中兴颂》/谒陶铸铜像 ………………………… 138

石　文　读浯溪《大唐中兴颂》碑/春游浯溪/夏游浯溪/秋游浯溪/

　　　　冬日陪刘飘然先生重游浯溪 ……………………………… 138

黄建华　浯溪写意 / 峿台偶感 / 读中兴碑有感 / 石镜 …………… 139

朱夏生　石镜/摩崖三绝 ……………………………………………… 140

向孙萱　登峿台/浯溪览三绝碑 …………………………………… 141

王文治　登峿台 ……………………………………………………… 141

刘建儒　冬登峿台 …………………………………………………… 142

陈华琳　峿台典趣/㾕亭怡趣/浯溪情趣/赞浯溪公园管理处主任

　　　　杨仕衡 …………………………………………………… 142

杨用擎　浯溪游/登峿台有感 ……………………………………… 143

秦家增　㾕亭六厌 …………………………………………………… 143

段南山　浯溪漱玉/峿台晴旭/㾕亭六厌/悼石镜/香桥野色 ……… 144

蒋　炼　秋日虚怀阁即景/树立陶铸铜像赋感 …………………… 145

蒋大业　窊尊夜月/谒陶铸同志铜像 ……………………………… 145

佚　名　窊尊 ………………………………………………………… 146

蒋军兆　元结爱石 …………………………………………………… 146

蒋崇炳　咏浯溪宋樟抱石 ·················· 146

彭吟轩　浯溪怀古 ·················· 147

杨建平　浯溪怀古 ·················· 147

周明礼　浯溪览胜 ·················· 147

朱五福　浯溪览胜 ·················· 147

汪竹柏　浯溪胜境 ·················· 148

周成义　三吾览胜/读中兴颂碑 ·················· 148

唐福成　浯溪碑林览胜怀古(二首) ·················· 148

罗功明　览胜浯溪碑林/游浯溪瞻仰陶铸铜像 ·················· 149

彭晓初　浯溪随笔 ·················· 149

黄　森　浯溪抒情 ·················· 150

郑绍濂　还乡车过浯溪/谢廖奇才副专员约九日游浯溪 ·················· 150

唐　霁　情寄浯溪 ·················· 150

朱力力　春望 ·················· 151

唐际绍　浯溪望月/瞻仰陶铸铜像有感 ·················· 151

彭肇国　忆浯溪 ·················· 152

林梦非　谒陶铸同志像 ·················· 152

万　迁　拜谒陶铸铜像 ·················· 152

钟茂林　瞻仰陶铸铜像 ·················· 152

龚朝阳　瞻仰陶铸铜像 ·················· 153

李昭和　瞻仰浯溪陶铸铜像 ·················· 153

谢　琦　浯溪公园瞻仰陶铸铜像有感/清明节谒陶铸铜像 ·················· 153

刘世民　暮秋游浯溪谒陶铸铜像 ·················· 154

石远德　瞻仰陶铸铜像 ·················· 154

王先银　瞻仰陶铸铜像 ·················· 154

邹倬云　浯溪公园谒陶铸铜像感赋 ·················· 155

谭雪纯　谒陶铸铜像 ·················· 155

戴中凡　瞻仰陶铸铜像 ·················· 155

陈松青　晋谒陶铸铜像 ·· 155

周祖惕　浯溪公园瞻仰陶铸铜像感赋（二首） ············· 156

邓志朝　瞻仰陶铸铜像 ·· 156

陈　晔　再瞻陶铸铜像 ·· 156

李声凯　赞陶铸同志铜像 ··· 157

王　鹏　陶铸铜像揭幕 ·· 157

刘　欣　瞻仰陶铸铜像 ·· 157

周　优　拜谒陶铸铜像 ·· 158

唐宜新　瞻仰陶铸铜像 ·· 158

萧传柳　参观陶铸革命事迹陈列室 ······························ 158

彭式政　瞻仰纪念馆悼念陶铸同志 ······························ 158

曹汉武　谒陶铸纪念馆 ·· 159

吴拙侬　谒陶铸铜像/浯溪瞻仰陶铸铜像/峿台联想 ········· 159

黄　翼　纪念陶铸诞辰百周年 ····································· 160

唐异夫　纪念陶铸诞辰 ·· 160

何家贤　陶铸颂 ·· 160

陈文群　陶公颂 ·· 161

郑　志　读曾凡夫先生《浯溪研究集》 ························ 161

伍锡学　贺浯溪文化研究院成立 ·································· 161

龙文鸳侣　贺浯溪文化研究院成立 ······························· 161

古　风

陶自强　浯溪颂 ·· 163

桂多荪　浯溪行 ·· 164

李谷秋　己未秋重过浯溪 ··· 165

李麟书　浯溪纪旧游二十韵有序 ·································· 165

刘重德　三吾行 ·· 166

邹　雯　游浯溪有序/重看《大唐中兴颂》 ·················· 166

王石波　游浯溪观中兴碑有序 ····································· 167

伍锡学　浯溪游 ……………………………………… 167

苏联民　重游浯溪 …………………………………… 168

朱　桓　戊辰重九话元结 …………………………… 168

傅松柏　读摩崖碑 …………………………………… 168

陶　钧　读浯溪《大唐中兴颂》书感，步山谷诗原韵/读《大唐中兴颂》书感，
　　　　步李清照诗原韵 …………………………… 168

周仲生　大唐中兴碑的革新 ………………………… 169

谢尚傧　读颜鲁公《大唐中兴颂》 ………………… 170

彭肇国　浯溪石镜歌 ………………………………… 170

王赓民　窊尊夜月 …………………………………… 171

毛定波　咏浯溪公园金音石 ………………………… 171

王文治　登㾕亭 ……………………………………… 171

王昌华　拍摄陶铸铜像 ……………………………… 172

黄承先　重阳/石韵金音 …………………………… 172

周先忠　赞浯溪摩崖 ………………………………… 172

雅　词

何建华　忆江南•浯溪好 …………………………… 173

郭述鲁　忆江南•梦浯溪（二首） ………………… 173

石　文　忆江南•浯溪美（三首） ………………… 173

毛智明　望江南•浯溪美（三首） ………………… 174

石燕飞　忆江南•浯溪吟（六首） ………………… 174

王　鹏　忆江南•浯溪颂（六首） ………………… 175

张寿全　望江南•浯溪 ……………………………… 176

蒋华轩　忆江南•赞浯溪 …………………………… 176

冯恩泽　调笑令•忆昔 ……………………………… 176

伍锡学　如梦令•砍豆架瓜棚木 ………………… 176

胡迪闵　相见欢•浯溪游（二首） ………………… 177

李麟书　浣溪沙·陶铸铜像揭幕/浣溪沙·浯溪纪游(二首) ………… 177

刘飘然　浣溪沙·赞重阳诗会颂浯溪胜地 ………………………… 178

彭式政　巫山一段云·浯溪怀元结 ……………………………… 178

李麟书　减字木兰花·浯溪纪游/减字木兰花·重九浯溪雅集 …… 178

胡永清　卜算子·浯溪摩崖 ……………………………………… 178

邓俊峰　诉衷情·谒陶铸铜像 …………………………………… 179

李　晖　清平乐·峿台 …………………………………………… 179

王际寿　清平乐·重游浯溪/清平乐·再谒陶铸铜像 …………… 179

罗正发　清平乐·瞻仰陶铸铜像 ………………………………… 179

王崇庆　清平乐·梦访浯溪 ……………………………………… 180

吴田民　忆秦娥·戊辰重阳访浯溪 ……………………………… 180

萧伯那　忆秦娥·浯溪春色 ……………………………………… 180

周祖达　画堂春·浯溪松 ………………………………………… 180

陈冶法　乌夜啼·怀浯溪丹桂 …………………………………… 181

吴茂斋　西江月·赞浯溪 ………………………………………… 181

李　晖　西江月·峿台秋夜 ……………………………………… 181

彭程辉　西江月·读《大唐中兴颂》碑 ………………………… 181

毛智明　西江月·浯溪空中拍照 ………………………………… 182

石燕飞　西江月·元结名人奇志/西江月·读欧阳友徽《浯溪园林三议》
　　　　(三首) …………………………………………………… 182

文建虎　浪淘沙·谒浯溪陶铸铜像 ……………………………… 183

欧阳友徽　鹧鸪天·读《大唐中兴颂》碑 ……………………… 183

彭程辉　鹧鸪天·浯溪石刻 ……………………………………… 183

刘建儒　鹧鸪天·浯溪 …………………………………………… 183

贾跃平　鹧鸪天·吟浯溪 ………………………………………… 184

莺　子　思佳客·春寄浯溪 ……………………………………… 184

赵怀青　思佳客·纪念陶铸百年冥辰 …………………………… 184

伍锡学　虞美人·浯溪书所见 …………………………………… 184

萧伯那　虞美人·浯溪 ·· 185

蒋　炼　木兰花·读《越南使者咏浯溪诗文选注》 ············ 185

龚启俭　踏莎行·浯溪 ·· 185

王禄楷　踏莎行·梦游浯溪，步秦观词韵 ······················ 185

李　雅　踏莎行·读《大唐中兴颂》感怀 ······················ 186

龚朝阳　踏莎行·浯溪公园拜读陶铸《踏莎行》词碑 ······ 186

蒋　薛　临江仙·浯溪三绝 ··· 186

李　晖　临江仙·浯溪春景 ··· 186

龚启俭　临江仙·浯溪古渡 ··· 187

石　文　临江仙·浯溪访秦少游碑刻 ····························· 187

陈朝晖　一剪梅·浯溪怀古 ··· 187

胡策雄　鹊踏枝·摩崖吊古 ··· 187

彭式政　鹊踏枝·浯溪苍崖 ··· 188

颜　静　蝶恋花·浯溪漫步 ··· 188

黄　嵩　渔家傲·春游浯溪 ··· 188

高　节　渔家傲·访陶铸故居 ·· 188

陈长源　青玉案·游浯溪缅怀陶公 ································· 189

桂　芝　青玉案·陶铸铜像前感言 ································· 189

李麟书　江城子·戊辰重九诗会 ···································· 189

杨用擎　千秋岁·游浯溪瞻仰陶铸塑像 ························· 189

王建文　潇湘夜雨·重九浯溪怀古 ································· 190

何建华　满江红·陶铸百岁诞辰缅怀 ····························· 190

胡迪闵　满庭芳·浯溪 ··· 190

饶惠熙　满庭芳·浯溪 ··· 191

邓南生　满庭芳·游浯溪公园 ·· 191

万　迁　水调歌头·瞻仰陶铸铜像 ································· 191

何晓铃　水调歌头·怀浯溪 ··· 192

欧德星　水调歌头·重游浯溪感怀 ································· 192

李　鹏　　水调歌头·浯溪 ··· 192

李仁佳　　水调歌头·游浯溪 ··· 193

任羽皋　　水调歌头·游浯溪抒怀 ··································· 193

彭式政　　水调歌头·浯溪 ··· 193

杨赛龙　　水调歌头·重游浯溪 ····································· 194

伍锡学　　水调歌头·浯溪米拜石 ··································· 194

冯国喜　　水调歌头·步锡学兄《米拜石》原韵 ··············· 194

王禄楷　　水调歌头·步伍锡学吟长《浯溪米拜石》 ·········· 195

王　鹏　　水调歌头·瞻仰陶铸铜像 ······························ 195

陈华琳　　水调歌头·游浯溪公园/水调歌头·浯溪碑刻 ······· 195

桂　芝　　水调歌头·浯溪三泛（三首） ·························· 196

颜　静　　暗香·浯溪 ·· 197

伍锡学　　扬州慢·戊寅中秋浯溪游园 ···························· 197

何建华　　玉蝴蝶·春游浯溪公园 ································· 197

刘振华　　念奴娇·浯溪感赋 ·· 198

刘维真　　念奴娇·仲春游浯溪 ····································· 198

陈朝晖　　念奴娇·瞻仰陶铸铜像 ································· 198

陆民华　　沁园春·游浯溪/沁园春·游览浯溪，赋此复麟书 ··· 199

陶　钧　　沁园春·浯溪 ··· 199

廖奇才　　沁园春·重九浯溪诗会 ································· 200

郑国栋　　沁园春·重阳浯溪诗会呈与会诸老 ·················· 200

汪竹柏　　沁园春·浯溪 ··· 200

伍锡学　　沁园春·浯溪重阳赏菊/沁园春·读赵扬名先生摄影作品集

　　　　　《中国浯溪》 ··· 201

李时英　　沁园春·浯溪 ··· 201

蒋华轩　　沁园春·颂陶铸 ·· 202

邹　雯　　沁园春·谒陶铸纪念馆 ································· 202

胡策雄　　金缕曲·游浯溪 ·· 202

黄　嵩　　金缕曲·瞻仰陶铸铜像 ……………………………………… 203

李麟书　　金缕曲·浯溪纪游/金缕曲·省政协考察团书画名家浯溪

　　　　　雅集 ………………………………………………………… 203

伍锡学　　乳燕飞·忆求学祁阳三中 …………………………………… 204

伍锡学　　六州歌头·陶铸铜像 ………………………………………… 204

伍锡学　　莺啼序·兄妹游浯溪 ………………………………………… 204

散　曲

周成村　　[南吕·一枝花]浯溪行 ……………………………………… 207

李建容　　[中吕·迎仙客]瞻浯溪碑林 ………………………………… 208

吕荣健　　[越调·小桃红]浯溪揽胜 …………………………………… 208

吴炯姣　　[正宫·叨叨令]浯溪感怀 …………………………………… 208

伍锡学　　[双调·碧玉箫]春游浯溪 …………………………………… 208

邹学锋　　[中吕·普天乐]重游浯溪 …………………………………… 208

李　雅　　[越调·天净沙]瞻浯溪陶铸塑像 …………………………… 209

陈中寅　　[越调·天净沙]过浯溪风景区 ……………………………… 209

周仲生　　[中吕·山坡羊]游浯溪 ……………………………………… 209

郭述鲁　　[仙吕·醉中天]为浯溪全貌照谱曲/[仙吕·游四门]浯溪菊月/

　　　　　[仙吕·一半儿]他日访浯溪 ………………………………… 209

蒋大业　　[桂殿秋]游浯溪/[桂殿秋]浯溪乐 ………………………… 210

冯国喜　　自度曲·浯溪揽胜 …………………………………………… 210

孟　起　　自度曲·祝陶铸同志塑像落成 ……………………………… 210

辞　斌

何首锋　　浯溪胜览 ……………………………………………………… 211

王　鹏　　浯溪赋 ………………………………………………………… 211

陈朝晖　　浯溪赋 ………………………………………………………… 213

高求志　　浯溪赋 ………………………………………………………… 214

伍锡学　　春游浯溪赋 …………………………………………………… 215

方　向　浯溪摩崖三绝赋 ·· 216

颜　静　峿台赋 ··· 217

桂　芝　庼亭赋 ··· 218

黄承先　蒋炼　欧阳友徽　伍锡学　虚怀阁利见碑廊记 ········· 220

黄建华　峿台亭重修记 ··· 221

冯国喜　唐盛明　峿台宬尊亭记 ·································· 222

高求志　《大唐中兴颂》碑赋并序/陶铸铜像赞 ················· 223

后　记 ·· 226

杨仕衡(祁阳)

赞浯溪胜境

举目情难抑,凝神兴更殊。
中华文化灿,此地是明珠。

周文忠(永州)

浯　溪　行

久仰浯溪秀,亭台春意浓。
今朝来揽胜,喜在不言中。

毛羽润(祁阳)

浯　溪

胜景数浯溪,碑林万国诗。
无穷溪水馥,香出古今词。

尹　辉(祁东)

浯　溪

一溜摩崖韵,千年赏不完。
词臣谋远志,放眼水云宽。

何维庭(永州)

浯　溪

元结中兴颂,三绝今古讴。
陶公心底树,风骨铸千秋。

胡迪闵(永州)

浯　溪

浯水沥香泉,峿台映紫烟。
攀崖千古颂,装点赖时贤。

彭　瑛(湘潭)

浯　溪

林樾啼幽鸟,清溪夹石流。
潺湲终不腐,苍翠值高秋。

黄承先(祁阳)

浯　溪

江畔一青峰,楼亭图画中。
攀崖看古字,登阁拂清风。

冯国喜(祁阳)

浯　溪

元结著元文,真卿留真迹。
乾坤一盆景,玲珑几拳石。

桂兹爱(祁阳)

咏　浯　溪

巉岩高百尺,勒石萃群贤。
文起浯溪秀,摩崖最可观。

张榆关(吉林)

三　绝　碑

崖刻称三绝,浯溪天下闻。
奇文千古唱,刀笔更传神。

毛梦溪(北京)

浯溪石刻

花开碑林侧,无声韵悠扬。
风流传千古,浯溪字一行。

李孟光(祁阳)

春望浯溪

斜阳驱雾净,经雨浯溪沁。
圣寿万年长,潮涨昨夜汛。

史 鹏（长沙）

过浯溪读元结《大唐中兴颂》碑有感

廊庙稀封事，疆臣若履冰。
寸心忧国运，笔自颂中兴。

刘人寿（湘潭）

读浯溪《大唐中兴颂》碑

元作颜书好，中兴叹式微。
浯溪一片石，终古对斜晖。

朱 瑾（衡阳）

浯溪观大唐中兴碑

野树系云低，危崖染翠微。
鼙鼓千年后，残碑映夕晖。

谌 震（长沙）

题浯溪摩崖

兵火经千劫，腾飞趁此时。
群贤求实绩，不负此碑词。

季宗权（北京）

读颜公碑

浯溪颜公碑，潇洒恢宏美。
隐讽杨玉环，教训今仍畏。

詹 蕊（北京）

浯 溪 吟

漱玉千年水，摩崖百丈歌。

先贤题咏处，怀古后生多。

朱 帆（广州）

过 浯 溪

湘水多迁客，浯溪老漫郎。

我来千载后，杯酒过祁阳。

李 潺（长沙）

浯溪摄影

摩崖碑刻留，载史五书收。

欲抢峿台旭，月西试镜头。

石 文（祁阳）

偕钟茂林先生同游浯溪，步其《口占》

摩石复观溪，回头步履迟。

影留图画里，谈笑米颠痴。

谭绪管（祁东）

浯溪流连（四首）

水灵山毓秀，花笑石生香。

笔与人同醉，诗材记满囊。

石吐诗文雅,碑生感慨多。
元颜开胜迹,万古费吟哦。

三吾情所系,一镜味琢磨。
字海碑林雅,人文啸傲歌。

元结何多事,亭台溪以"吾"。
诗魔因尔醉,笔笔不糊涂。

陈鹏飞(祁阳)

浯 溪 吟

曲曲一小溪,幽幽岩下泣。
如此涓涓水,竟穿重重石!

登 峿 台

茫茫大雪里,烟村有几家?
我倾宠尊酒,浇出满江花!

隔江望峿台

摩崖劲似松,不怕迅雷轰。
岿然压千浪,赫赫风雨中!

朱 桓(祁阳)

峿台晚眺

危崖千古立,宝塔直排空。

江流天际外,身柱夕阳中。

张泽槐(东安)

题浯溪镜石

诞寿不知年,方圆尺寸间。
古今多少事,历历见君前。

王　鹏(祁阳)

浯溪镜石

唐厔悬明镜,幽光曝古今。
潇湘真汉子,朗照我胸襟。

王建文(永州)

陶铸铜像落成典礼

风雅古今少,情操九域崇。
功勋齐岱岳,晚节映丹虹。

刘飘然(零陵)

瞻仰陶铸同志铜像

三吾名胜地,肃立仰陶公。
无畏无私者,苍苍一劲松!

伍锡学(祁阳)

题陶铸铜像

无畏更无私,堪称百代师。

故园秋色里,端坐乐滋滋。

《大唐中兴碑》

精粹元文在,浑宏颜字留。
摩崖三绝颂,不啻一天球。

桂　芝(祁阳)

题陶铸铜像

无私更无畏,亮节诚可贵。
兀坐继乡思,松柏万年翠。

彭式政(道县)

题陶铸纪念馆

军威扬四野,政绩著南疆。
松树高风在,人间万古香。

黎笃田(永州)

浯溪诗书会即兴

霞蔚云天阔,蟹肥菊正黄。
相邀碑林聚,不用管弦张。

黄良知(祁阳)

浯溪杂咏(三首)

云接苍梧野,水连鹦鹉洲。
岂徒风月美,曾是吕仙游。

楚南多胜迹,翰墨誉碑林。
流水昔贤去,诗文万古存。

十载惊风雨,高亭野草台。
春雷动大地,相识燕归来。

浯溪赏月晚会(三首)

晚会盛况

秋夜凉如水,婵娟分外妍。
万人空巷去,月是浯溪圆。

峿台赏月

曲径上危台,迎风举酒杯。
青娥含笑望,万唤仍徘徊。

大桥月影

兔嬉碧波底,鱼游丹桂梢。
水天同一色,疑是广寒桥。

李玉明(祁东)

拜读桂多荪老师《浯溪志》感言

元颜镌刻时,明颂实含讥。
挺赞黄山谷,心仪学桂师。

陶　铸(祁阳)

东　风

东风吹暖碧潇湘,闻道浯溪水亦香。

最忆故园秋色里,满山枫叶艳惊霜。

文建虎(长沙)

奉和陶铸同志《东风》

东风放绿满潇湘,吹送祁山梓木香。

遥望浯溪松挺拔,根深叶茂耀寒霜。

唐际绍(永州)

怀念陶铸步陶铸《东风》诗韵

嘉行懿德誉潇湘,念及斯人水亦香。

昨梦归来神未改,乡音如故发如霜。

李昭和（海南）

敬步陶铸《东风》诗韵

功垂青史耀吾湘，文采风流卷溢香。
久仰葵心酬丽日，忍将冷眼看残霜。

王干成（祁东）

敬步陶铸《东风》诗

浯溪漱玉入潇湘，凭借东风遍地香。
诚盼英灵归故里，万山红叶艳惊霜。

蒋　炼（祁阳）

读陶铸《东风》诗用原韵

东风浩荡遍潇湘，眷恋三吾水石香。
故里情深连广宇，敢凭正气斗冰霜。

陈显誉（临武）

奉和陶公《东风》诗韵

东风万里暖潇湘，绚丽浯溪泼墨香。
最忆陶公松树质，百篇诗赋却冰霜。

段士葆（祁阳）

步陶铸《东风》诗

一尊铜像踞潇湘，更觉浯溪草木香。
最是令人赞不绝，铮铮铁骨傲风霜。

黄承先(祁阳)

敬步陶铸《东风》诗

黛毫血泪寄潇湘,装点浯溪花草香。
胸臆无私连广宇,苍松挺翠傲风霜。

浯　溪

碧江东去一桥横,丽质天然万象生。
唐碑新绿留千古,犹听当年风雨声。

刘　英(祁阳)

浯溪公园谒陶铸《东风》诗碑(二首)

每读《东风》泪满襟,陶公最爱是乡亲。
当年解散食堂饭,换取江山万木春。

戎马生涯一剑寒,解危济困义何堪。
蒙冤忍辱心无愧,心底无私真伟男。

王任重(北京)

怀念陶铸同志

——参加陶铸铜像揭幕仪式有感
平生坦荡最刚强,青松傲雪立山岗。
是非功过有公论,管他小人说短长。

李　祁(女,美国)

眼病中遣闷(二十首选一)

湘江曲折九嶷深,中有诗人往复心。
我亦祖居浯水畔,愧无好句继长吟。

万　迁(长沙)

谁领三吾风骚

三吾今始识风骚,五百碑文逸又豪。
苍老摩崖谁领首?中兴大颂照前朝。

蔡厚示(福州)

游 浯 溪

湘水萦如碧锦柔,祁阳碑刻誉全球。
我来秋色初惊眼,徙倚溪山日影悠。

萧　劳(北京)

无 题

吾欲移家向水浔,湘江南望白云深。
浯溪胜迹今仍在,芳草天涯思一寻。

张鹤皋(长沙)

仿宋人体赞浯溪

有碑无景如书帖,有景无碑只野村。
相映生辉成妙境,无边诗意驻流云。

邓先成（四川）

游 浯 溪

清溪如酒醉群峦，千古摩崖一壮观。
正是人和风日丽，心花朵朵绽眉端。

史树青（北京）

咏浯溪碑林

浯溪流水小桥横，贞石勒铭最有情。
机杼一家成妙笔，端严正气见中兴。

黄春芳（双牌）

咏浯溪碑林

岸柳婆娑溪水长，霜欺雪压古碑芳。
崖前细嚼兴亡史，千载潇湘咏漫郎。

罗芷生（长沙）

访 浯 溪

步入浯溪逸兴浓，摩崖书画荡心神。
元颜遗迹留磐石，亘古清芬式后昆。

杨第甫（长沙）

咏浯溪摩崖

三希法帖首三王，刻石浯溪数大唐。
我爱真卿神笔健，颜碑元颂两皇皇。

吴容甫（长沙）

赠湘溪文管处

溪幽石怪水流东，一洗俗尘万虑空。
欲问此间何所有？文光宝篆满山中。

颂陶铸同志

陶公勋业留青史，元结宏文耀古今。
莫叹高山空仰止，攀登有路好相寻。

胡六皆（长沙）

谒湘溪碑林并呈诸老（三首）

雨霁云收眼界开，摩挲石刻剥苍苔。
湘溪多少登临客，都为碑林宝墨来。

微茫云水接天光，诗境清幽曲径长。
胜迹尚留奇石在，低头先拜米襄阳。

谁寻胜境识湘溪，石壁撑天削不齐。
口诵心摹何处好，渡香桥畔水亭西。

廖奇才（长沙）

重游湘溪

翠叠奇台喜再游，湘溪风物自来幽。
更缘三绝闻天外，倩影澄江万古流。

伏家芬（长沙）

游览浯溪读唐碑

三吾胜境水萦洄，颜字元文雾眼开。

却喜幽深逃劫火，伏生投老拭莓苔。

参观陶铸革命事迹陈列室

漫争龟蓍卜千秋，亲痛仇雠议未休。

留得纸头翻泪史，古今粪土几王侯。

注：漫争句，指讲解员不识"穐"字同"秋"字，把"千穐"误读为"千龟"。纸头句，展厅中有陶铸被幽禁卍字廊时在旧报纸上的题诗，《人民日报》四字依稀可辨。

范丁凡（长沙）

浯 溪 行（二首）

李唐摩刻颂中兴，正气长留天地清。

今日联翩寻古迹，令余长忆岭南人。

石匣曾传密有书，临江时跃出渊鱼。

停车最爱潇湘碧，我羡当年邓石如。

黄　琳（株洲）

浯溪读碑

几度看碑醉眼迷，欲诗彩笔上云梯。

而今覆地翻天事，应在摩崖石上题。

浯溪碑林口号

世道人心面面观,忠奸善恶辨何难。
算来几个真君子,敢向浯溪石镜看。

徐瑞理(湘阴)

浯溪揽胜

摩崖石字撰高台,不尽湘江滚滚来。
作赋题诗堪叫绝,浯溪千载聚英才。

刘知白(长沙)

浯 溪

唐室中兴是也非,颜书元颂两相依。
请君且看浯溪后,古往今来吊落晖。

陶 杰(长沙)

浯溪抒怀

清芬长挹访浯溪,颜字元文世所奇。
更喜铸公雄万古,无私心底系群黎。

陶 溥(长沙)

浯溪瞻陶铸铜像

疆场百战纪征程,浩气常存泣鬼神。
伟绩丰功昭史册,共瞻遗像颂清芬。

康　杜(内蒙古)

怀 浯 溪

春到人间燕子斜，吴山越水望中遮。
五湖曾咏烟波绿，终让红梅万树花。

陈祚璜(重庆)

游 浯 溪

远眺晴江一镜开，摩崖访古有名台。
多情辨读《中兴颂》，忧乐难忘到此来。

王先银(祁阳)

题浯溪公园(二首)

一到浯溪便有诗，千年元结首题词。
自从新立陶公像，更使园名远近驰。

园林秀丽景通幽，贾客诗人画里游。
陶铸英名垂广宇，人文湘水海天流。

王双春(祁阳)

游浯溪(二首)

锦绣潇湘一宝珠，崖高石怪树扶疏。
千年墨客纷题壁，三绝碑林胜画图。

塑像巍巍映太空，风流人物数陶公。
神州欣遇新时代，仰慕先贤登碧峰。

熊盛元（江西）

梦浯溪

劫边依旧草青青，长护浯溪第一铭。

傍岫渊洄来梦里，碧波深处起湘灵。

注:元结《浯溪铭》"湘江一水,渊洄傍山。"

李谷秋（长沙）

某君等来谈浯溪（二首）

城郭犹存人已非，千年华表鹤飞回。

少时胜事浑忘却，细雨扪苔读断碑。

五湖归去欲何求，不觅高阳旧酒楼。

安得素心人几个，渡香桥上月如钩。

王邦建（郴州）

访浯溪碑林（二首）

欣逢盛会到浯溪，来访元颜绝世碑。

我亦十年经浩劫，遗文读罢有余悲。

文字千秋说宋唐，风流人物爱苏黄。

丹心却喜遗碑在，涑雨犹闻翰墨香。

注:读黄庭坚诗碑时亦逢涑雨。

石川忠久（日本）

浯　溪

倚山缘水景观分，浯溪奇胜绝群伦。

东瀛游子始来此,远慕高风元使君。

注:1986年9月,日本第七次汉诗爱好家访华团,由团长石川忠久率领游览浯溪。

邓盛恩(美国)

游浯溪碑林

怪石嶙峋湘水滨,凌空飞渡一桥横。
铭文累累垂千古,我亦题诗附彩云。

彭乐三(中国香港)

浯溪古渡

旧过祁阳四十秋,少年裘马不知愁。
新添白发殊方客,又到浯溪古渡头。

朱五福(永州)

谒浯溪陶铸铜像

坦荡胸怀照大寰,浩然正气铸宏篇。
浯溪石孕精忠魄,心底无私天地宽。

浯溪摩崖三绝

浯溪秀丽石崖奇,颜字元文天下稀。
明颂实讯千古鉴,一方石镜引人思。

读涪翁浯溪摩崖碑刻《书摩崖碑后》

涪翁南去过浯溪,摸读唐碑醉若痴。
情寄摩崖留墨宝,诗风笔韵古今师。

徐 芸（女，益阳）

读《大唐中兴颂》石刻

一道浯溪漱玉纯，摩崖仰首读碑文。

矛头都向孽臣刺，元子何曾罪太真？

刘飘然（零陵）

过 浯 溪

风和日丽水潇潇，胜景三吾眼底飘。

一颂未应成绝唱，还须继起振风骚。

访 浯 溪

一年三度访浯溪，为爱风光如画诗。

读罢名碑台上立，长天大地共熙熙。

与诗友参观浯溪碑林

奇山异水诗兼画，旧友新知笑且歌。

千古江南称第一，名碑林立赏心多！

戊辰九日浯溪得句

诗囊久未得佳句，一到浯溪便得之。

信是地灵人亦杰，浯溪直可唤诗溪。

观三绝碑

几度来看三绝碑，诗情墨趣发幽思。

何人再写中兴颂？为赞今时胜昔时！

胡巨柏（祁东）

浯 溪 游（二首）

名山好水古碑林，偿梦索诗特此行。
一曲溪声融大海，半崖书帖耀青冥。

陶公正气沛天地，元结奇文灿古今。
胜迹千秋人景仰，丹心长与日同明。

刘振华（江华）

重阳节浯溪诗会感赋（二首）

三绝从来灿古今，摩崖云树拥丹亭。
中兴有颂皆陈迹，谁写今时改革经。

晴川如碧映松萝，露染丛林红叶多。
安得几回明月夜，声声欸乃听渔歌。

黄思文（新田）

献给参加浯溪重阳诗会诸老（二首）

广袖湘灵笑脸迎，浯溪逸事可知情。
幽香分外金风里，多少诗人到此吟？

玉露零秋九九天，骚人雅会史无前。
文诗滚滚生花笔，写尽潇湘万里烟。

蒋大业（永州）

浯 溪 颂（二首）

浯溪似画醉游人，胜景如林千古新。

万里骚人常作客,心花朵朵绽嶙峋。

雨霁虹销眼界开,区明彩彻耀峿台。
历朝四海风流客,尽向碑林献宝来。

溪口垂钓石

溪口洪峰白浪滔,双龙嬉戏玉珠娇。
渔翁垂钓峿台上,相伴元结心更陶。

谒陶铸同志铜像

陶公端坐望峿台,笑看游人迎面来。
我为陶公诚仗义,功勋怎不勒摩崖?

张泽槐(东安)

贺浯溪重阳诗会

时逢盛世诗风开,灵秀浯溪迎客来。
但见情思倾笔底,不虚南楚多雄才。

游 浯 溪

当年漫叟家溪畔,山水所私今所赞。
更有中兴不朽碑,摩崖千古悬明鉴。

注:清吴大澂《峿台铭》有云:"园林之美,豪富所私。山水之胜,天下公之。公者千古,私者一时。大贤已往,民有去思;思其居处,思其文辞。次山私之,谁曰不宜?"

郑　玲(女,永州)

浯　溪

湘水西来映碧空,嶙增峰石伴危松。
深幽访古惊奇绝,南国风光第一重。

杨敏艺(女,祁阳)

浯　溪

幽娴别致伫湘江,骚客文人造访忙。
精美华章著奇石,摩崖碑刻世无双。

王杰元(祁阳)

浯溪(二首)

风送浯溪闻水香,历朝碑刻满琳琅。
三峰抱翠临江耸,游客四时争赏光。

湘水滔滔似巨龙,浯溪山上立苍松。
真卿字刻摩崖上,元结气留天地中。

郭桂顺(祁阳)

浯溪绝句(五首)

浯　溪

原本无名一小溪,潺潺流过石桥西。
自从元结筑庐后,胜境三吾天下知。

大唐中兴碑

宏文镌石世人歌,言颂言讥议论多。

谁解元公真旨意,国之强盛在于和。

摩崖石刻

浯溪石刻最闻名,缘自元颜首创成。
历代雄才多仰慕,八方云集颂中兴。

石　镜

一方石镜万般灵,丑恶善良分辨清。
世上真能悬此镜,贪官污吏敢横行?

宬　尊

峿台顶置一宬尊,白米香醇两趣闻。
天上何能捐馅饼,传言虽美莫当真。

屈善哉(冷水滩)

游 浯 溪

石径纵横亭阁新,撩人依旧是碑林。
时移益觉摩崖贵,历落年深字字金。

重游浯溪

故地重游面貌新,相携珍重此碑林。
年深更感摩崖史,唐宋元明直到今。

刘安然(祁阳)

题 浯 溪

胜地非凡水溢香,至今尚有涧流芳。
千秋文物金石颂,百丈摩崖显玉光。

吴田民（永州）

浯溪杂咏（四首）

湘水滔滔叩古城，断崖千尺塑奇峰。
松杉蔽目黄鹂啭，疑是菩提树下逢。

石径逶迤画阁幽，凭栏极目楚天秋。
中唐多少兴亡事，尽在名碑句里收。

幸有名贤富俊章，长留光彩照潇湘。
而今再作《中兴颂》，喜见华星邀太苍。

铜铸英姿石铸碑，江山人物两相辉。
文明自有回天力，敢使中华展翅飞。

蒋贤哲（道县）

浯溪晓望

一钩晓月挂苍藤，曙色初分远处村。
忽见满江薄雾起，渔舟数点过无声。

浯溪雾色

晓来浓雾绕浯溪，秋色如纱意外奇。
树影迷离泼墨画，山影虚幻朦胧诗。

深秋夜宿浯溪，晨起漫步

一夜飒飒疑雨声，晓来霜果落纷纷。
寻碑转上峿台路，犹见隔江雾里灯。

浯溪秋晴

最爱浯溪秋色晴,满山红叶照碑林。
宬尊惹得游人醉,一曲高歌抒我情。

王建文(祁阳)

浯 溪(六首)

浯溪漱玉

六里浯溪吟咏长,潺潺碧水汇湘江。
千秋骚客留佳句,访古寻芳吊漫郎。

摩崖三绝

元颜笔墨九州雄,寇患胡儿反朔东。
天宝明皇奔蜀境,郭公光弼树勋功。

庼亭六厌

晴日登高望远空,孤亭新月落江中。
归帆点点渔歌晚,游子凭栏韵味浓。

宬尊夜月

元叟成尊醉鲁公,皇英恻隐与江通。
纯阳挥剑除妖孽,斩断湘沅绿蚁空。

香桥野色

唐碣宋碑何处寻,清流日夜送琴声。
冬梅秋菊群芳润,桥北桥南古木森。

笑岘亭岚

升沉世事若轻尘,笑岘亭台几度春。
结伴登临供一笑,半江烟雨吊唐臣。

陶　钧(祁阳)

浯溪八景(八首)

浯溪漱玉

一泓山濑自晶莹,百尺源头一派清。
散尽玑珠漱尽玉,铮鏦原是不平鸣。

镜石含晖

苍凉片石萃精镠,兴废同经几度秋。
一落人间无了日,隔江花草入人眸。

宬尊夜月

千年奇迹话宬尊,虹吸江皋只细听。
莫对婵娟邀客饮,几人犹醉几人醒。

摩崖三绝

文奇字奇石亦奇,永称三绝丽重离。
潇湘涷雨今犹昔,谁自扶藜读此碑。

庽亭六厌

葱茏峻拔此庽亭,松吹溪声洗耳清。
爱到极时方是厌,有谁领略此中情。

峿台晴旭

深潭绝壁耸峿台,旭日初临汇眼开。
万籁无声天地静,山光云影过江来。

香桥野色

翠撑红拥分外娇,溪边野色画图描。
何人能自成新赏,从此吟诗懒过桥。

胜异亭岚

亭称胜异已难名,况复岚拖翠黛横。
如此江山如此景,分明人在画中行。

毛寄颖(常宁)

游 浯 溪

浯溪九曲入湘江,浪拍摩崖三绝堂。
千古风流遗胜迹,读碑问事九回肠。

浯溪书崖

书崖数丈立江边,负雪披霜多少年。
问遍祁阳人不识,何如骚客写新篇。

中 兴 碑

次山昔日到浯溪,水恋山留不忍归。
洒向石头千万字,游人最爱中兴碑。

石　镜

我来溪岸试登高，转上峿台身欲飘。
江水千年流不断，一方石镜鉴前朝。

王　鹏（祁阳）

浯溪览胜

摩崖一壁杂文书，唱绝风骚五代儒。
墨泼峿台成万象，"乌龟"二字现腾图。

浯　溪　镜

苍松昂劲立三吾，神韵摩崖壮国都。
心底无私天地镜，长同石镜照千夫。

浯溪秋游（三首）

石碣千秋三绝颂，金蝉一曲六朝音。
潇湘浪拜碑林下，日月光辉照客临。

峭壁芳香文字墨，公园一石六朝诗。
湘江水漾摩崖净，天伞随遮胜览师。

金蝉唱和次山琴，石镜幽光鉴古今。
符挂摩崖镇妖怪，拭碑人倚夕阳吟。

周祖惕（零陵）

浯溪碑林

如林碑刻出谁手?细读铭文苔半封。
人去千年遗墨在,丹青劲笔走蛇龙。

摩崖三绝

日暮山花满径香,为寻胜景惜残阳。
笑将衫袖拂尘土,千载名碑认大唐。

邹昌彬（祁东）

游 浯 溪

三吾景物异寻常,千载碑林古色香。
最是陶公雄伟像,摩崖湘水映辉煌。

瞻仰陶铸铜像有感

巍巍铜像峙浯园,辉映摩崖云水妍。
处世无私天地广,千秋功德媲前贤。

彭树德（祁阳）

游 浯 溪（四首）

一桥飞渡到浯溪,胜境崚嶒景色奇。
三绝摩崖豪气壮,元颜文字永光辉。

地以人传是古言,我云胜境自招贤。
浯溪风景如平淡,元结焉能隐此间。

墨客骚人过往多,游群如蚁渡湘河。
摩崖石刻今犹在,日月经天永不磨。

亭台楼阁耸江滨,峭壁悬崖缀奇文。
树木花丛添景致,浯溪怀抱地天春。

郭荣锦(祁阳)

陶公铜像

陶公正气贯长虹,不屑林帮口上忠。
铁面丹心昭日月,千秋青史颂勋功。

三吾奇迹

浯溪风景誉环球,为有三吾奇迹优。
中外游人题赞颂,古今名士写风流。

碑林怀古

冠世碑林造化工,元颜却已去无踪。
雄文铁笔重千古,浩气常存夕照红。

王时越(祁阳)

重游浯溪(二首)

四十年前此居留,硝烟血火满天愁。
星移物换乾坤赤,山水碑林竞自由。

潺潺溪水自流长,人杰地灵海内扬。
今日陶翁归故里,三吾从此更飘香。

周松吾(常宁)

游 浯 溪

寻胜何愁湘水横,碑林漫步乐余生。

虚怀亭里忘荣辱,静听江中欸乃声。

李志高(祁阳)

游 浯 溪(三首)

山明水秀翠岚柔,除却蓬莱孰可俦?

愿借此间方寸地,竹篱茅舍度春秋。

旷怀幽境净无尘,花鸟留人意独真。

一样天涯同是水,在山泉比出山清。

经济文章枉自妍,故园花事尚年年。

江湖河海溶清浊,绿渍潇湘倍可怜。

曾凡夫(湘潭)

祁阳浯溪咏(三首)

浯溪泉石自清华,南国摩崖第一家。

留得中兴真迹在,艺林种子发新芽。

中兴碑刻伴陶公,辉映苍崖碧水中。

莫道名贤千载隔,丹心一片古今同。

唐书宋字名家体,代有才人绝妙词。

毕竟后来居最上,参天古木发新枝。

注:《宋书·隐逸传》:"泉石自高,清华足贵。"唐书,指颜真卿书。宋字,指黄庭坚、米芾字。

桂多荪(祁阳)

浯溪题诗(录十首)

峿台百步阶

步步登高步步催,春风吹我上天来。

峿台晴旭千秋好,为有凌云百步阶。

曲屏之字路

山阴道上目无暇,去去回回眼欲花。

为问曲屏幽若许?原来磴道曲于蛇。

钓台垂钓

洄流急湍竹鱼香,有石如磬引兴长。

一线斜阳春日短,渔歌欸乃月苍茫。

石门天开

底事天开此石扉?东崖如断石屏低。

四时无锁何须锁,世道而今不拾遗。

石屏列管

一屏如画玉娉婷,东倚云崖西望亭。

天教参差列笙管,溪声谱作颂歌声。

右堂探趣

小峰嵌窦合成围,松竹盈轩又掩扉。

听鸟莳花真趣在,何人到此肯思归?

虚怀水色

虚怀亭上好凭栏,水色波光入望宽。
谁耀金辉惊浅濑,孰驱云树落沉潭?

溪上小桥

绿萝红树映清溪,漫叟因泉涨此池。
一自小桥通古寺,如云仕女渡桥西。

螺 旋 道

急探春色上崖巅,闻说唐亭景最妍。
不道回肠多鸟道,七蟠八折作螺旋。

苍龙戏珠

漱玉飞琼撒翠琚,溪流蜒蜿夺门趋。
漫郎放得苍龙出,留与溪人看戏珠。

石　林(祁阳)

登 峿 台

无怪元公恋此台,登高一望眼光开。
游船争破湘江水,拍岸波涛不断来。

憩 唐 亭

品诗论政憩唐亭,放眼浯溪景色新。
不管是晴还是雨,水光山色总相称。

陈志高(祁阳)

题浯溪石镜

金銮曾照有无么,宝镜千年今未磨。
善恶难分真面目,也从此处照如何?

蒋宝民(祁阳)

登 峿 台(二首)

百丈峿台垒寂寥,倚栏独对楚天高。
山川难写登临意,危崖石处读唐朝。

崖石苍茫碑刻高,征鸿呖呖赤枫飘。
滔滔湘水奔腾去,那解前朝说战袍。

黄金辉(湖北)

浯溪摩崖石刻

元结三铭皆有我,真卿一颂世无双。
江声携带溪声远,细语高腔说大唐。

巩行远(安徽)

题浯溪摩崖石刻

石刻流芳湘水溢,浯溪馀韵至今雄。
崖前仰视千秋迹,豪吏通通拜下风。

蒋伯熹(祁阳)

雨后摩崖石刻

山半烟云江上雾,一时混浊一时清。
摩崖石刻忘荣辱,兀立潇湘鉴古今。

王赓民(祁阳)

中兴颂碑

笔髓文江灿古今,深长寓意语忱深。
雅裁不落常窠臼,宏范珠玑万世钦。

段一午(祁阳)

浯 溪 忆

浯溪风雨岂无情,中兴碑高鉴古今。
暮鼓晨钟犹在耳,空忆昔时古刹僧。

唐异夫(祁阳)

浯溪杂咏(六首)

三 绝 堂

三湘名胜数浯溪,绝代文章字与诗。
堂构焕然添隽秀,楼台高耸傍江矶。

峿 台

峿台壁立耸江隈,胜日登临望眼开。
壮丽三吾留古迹,骚人把笔咏胸怀。

宓　尊

峿台顶上小宓尊,传说尊中酒自喷。
愈饮愈盈常不断,飞觞月夜醉仙人。

镜　石

宛如玄玉放光华,照得人心正与邪。
若是唐皇能借镜,那能安史乱邦家。

渡香桥

渡过香桥扑面香,香飘溪畔好秋光。
桥头游客皆香染,三鼓梦萦魂亦香。

宋　樟

参天古树小溪前,绿叶虬枝密盖天。
腰干十围高百丈,六经朝代蔚依然。

郑绍濂(零陵)

纪念陶铸同志九十冥寿

自古潇湘钟秀灵,祁山浯水有清声。
溪边铜像光华夏,千古碑林双照明。

谒陶铸同志铜像

英雄百战回天地,妇竖一言作死囚。
恨落云霄鉴万古,心悬日月照千秋。

石燕飞(祁阳)

三吾吟(三首)

游浯溪

闻道浯溪溪水清,我今游览果然明。

从来忠佞能分辨,三绝昭昭鉴古今。

登峿台

春阑乘兴上峿台,欲把星辰摘下来。

怎奈天公先晓意,云封雾锁不张开。

憩庼亭

偷闲小坐憩庼亭,放眼三吾气象新。

大厦高楼平地起,小庐独破亦开心。

咏浯溪景点(七首)

香桥渡香

香飘溪畔好春光,桥上游人尽染香。

渡过香桥香扑面,香粘裙履久留芳。

庼亭六厌

庼颁障眼改庼亭,亭上观光倍有情。

六爱山川风水美,厌松厌日恼逢迎。

镜石含晖

镜月高悬只照身,石嵌宝鉴更铭心。

含情寓意无须问,辉映人间各自箴。

摩崖三绝

摩石高高镌颂文,崖留墨宝笔传神。

三奇声誉闻天下,绝妙好辞字字金。

峿台晴旭

峿台峻峭欲齐天,台筑高楼近日边。

晴朗好穷千里目,旭霞如火万山燃。

柳岸行吟

柳色青青天下春,岸边花草送芳馨。

行人都是风骚客,吟罢新篇笑语频。

浯洞窥湘

浯崖奇洞自天生,洞里观光别有情。

窥管也能看世界,湘波浩淼掩东瀛。

欧阳友徽(祁阳)

陶铸与浯溪(三首)

闻道浯溪水亦香,悬崖陡壁刻文章。

雨淋日晒古碑裂,遍地青苔映夕阳。

千年瑰宝岂容残,轻抚摩崖六月寒。

绝世文明须拯救,将军一语动千山。

亭生翘角柳生烟,护碑亭下系游船。

盘山磴道寻幽梦,垂钓深潭听暮蝉。

浯溪瞻仰陶铸铜像（二首）

咏 剑 寒

陶铸将军字剑寒，铸成寒剑斩凶顽。
青铜今日铸公像，犹有寒光照百川。

铜 像

青铜雕像耸苍穹，铁面无私两袖风。
天下若能心向许，悬崖何处不青松。

浯溪风景（六首）

薄 雾

烟笼岩树树笼烟，烟树溟濛石壁悬。
壁上轻烟柔似水，江中岩树接云天。

晨 曦

峿台晓雾几时收，匹匹红霞软似绸。
惊醒江边昨夜柳，凝眸倒影懒梳头。

凉 亭

小家碧玉上峿台，翘角飞檐山顶歪。
低看萧娘来戏水，远疑岩饰凤头钗。

月 夜

溪边野月挂林梢，卧睡群岩各自娇。
夜半清风休浪语，伊人幽会渡香桥。

冬　雪

雪压浯溪欲断流,苍松白了少年头。
分明一幅蟾宫画,冰砌悬岩玉塑楼。

夜　雨

夜雨潇潇入梦来,峿台怪石尽生苔。
摇枝古树添新绿,放瓣春桃红嫩腮。

管毓熊(祁阳)

浯溪胜迹(六首)

大唐中兴颂

历代名家拜上风,元颜盛誉古今同。
大唐三绝中兴颂,电闪雷鸣盖世雄。

利见碑廊

利见雄威凯奏时,王封有幸壮浯溪。
丰碑廊阁凌空耸,浩气长存宇宙知。

摩　崖

一览摩崖眼界新,雄文妙墨显精英。
堂堂盛气凌天下,辉映千秋日月星。

窊　尊

崖巅石臼号窊尊,对月邀宾酒自盈。
元子清廉神赞助,千秋佳话骇奇闻。

夬 符

夬符一显祟妖除，奥秘难明善有馀。
贵在为民防祸患，并非无故弄玄虚。

米 拜 石

奇形灵秀似天然，百窍玲珑岂等闲。
米芾无原焉跪拜，存心特示后人看。

蔡集中（祁阳）

游 浯 溪（六首）

游浯溪感怀

曲水浯溪汇大流，渔歌唱晚月如钩。
夜深同醉清廉酒，犹买鱼儿荡小舟。

峿 台

谁将此地号峿台，忙得行人去复来。
想是漫郎多乐趣，纵无弦管亦蓬莱。

庼 亭

沿途慢步上山腰，修补凉亭八角翘。
暂住欲吟诗意涩，风吹微雨过东郊。

㝧 尊

漫郎无事一尊开，日日江头醉几回。
身去尚留遗迹在，月明惟望故人来。

石 镜

几曾经过古人磨,照得兴亡世事多。

为问往来临镜客,近来肝胆复如何。

渡 香 桥

沿溪上有小桥横,为访名区放步行。

灵气结来终不散,而今香韵满江滨。

陶铸铜像

陶公为国树丰功,虽死犹生四海荣。

铜像一尊真伟大,千秋屹立故园中。

颜兆祥(祁阳)

陶铸八十诞辰暨铜像揭幕纪念(三首)

荏苒光阴八十年,南征北战老烽烟。

英雄肝胆精忠血,大节峥嵘耀史篇。

一剑霜寒破雾天,长留浩气壮山川。

巍巍铜像钟浯秀,德劭功高共仰瞻。

东风万里凤南翔,下饮浯溪品水香。

亲炙清辉吾愿足,阳春雨露沁心房。

注:凤南翔,指曾志、斯亮母女由北京莅临浯溪参加盛典。阳春雨露,我在陶铸同志指导下编写的《向阳春满》曾被打成毒草,后承曾志母女支持平反。

邹 湘(长沙)

瞻拜陶铸铜像感怀(四首)

肃立尊前心自亲,哲人一逝剧伤神。
愿公化作及时雨,泽润人间处处春。

陶公不富救民穷,心底无私天下公。
坐镇千秋神不朽,生平正气是高风。

闻公素负补天谋,救国拯民炼石筹。
应即倚天抽宝剑,奋来先斩佞人头。

大厦谁为柱石支,陶公一手擎持之。
黄铜有幸铸忠像,白日无光照佞姬。

吴谋宰(祁阳)

瞻仰陶铸铜像

将军赫赫战功奇,心底无私世上稀。
道义铁肩担重任,名垂青史后人师。

陈玉林(祁阳)

瞻仰陶铸铜像

祁山浯水浪连天,天地同流景自然。
正气长存人共仰,陶公铜像立云端。

唐宜新（祁阳）

瞻陶铸铜像

陶公铜像壮浯溪，仿佛西湖武穆祠。
四面云山增异彩，三湘童叟仰雄姿。

杨赛龙（祁阳）

浯溪瞻铜像

浯溪绿染潇湘岸，山水空濛景色新。
缘有陶公英气在，松风吹处更精神。

浯溪渔唱

一声高唱夕阳斜，卷网携鱼手自叉。
堪笑浯溪渔父乐，朝披云雾晚餐霞。

周文渊（岳阳）

浯溪谒陶铸雕像

似有忧思似有愁，洪山踏月度春秋。
亭亭松树亭亭立，尤是忠魂风格优。

唐星照（邵阳）

浯溪瞻仰陶铸铜像

历劫红羊事可哀，狂风摧毁栋梁材。
音容宛在岿然立，亮节高风垂九垓。

胡仕斌（零陵）

游浯溪谒陶铸铜像

丹心一片贯穹寰，心底无私天地宽。

浩劫十年千古恨，默然肃立吊先贤。

邓荣贵（祁阳）

谒陶铸铜像（三首）

伟岸身躯苍翠间，八方黎庶仰英贤。

无私无畏铮铮骨，陶铸精神永不湮。

青松性本傲霜严，劲节高风世所瞻。

年年但看清明节，烂漫三吾红杜鹃。

一年一度又清明，祭念陶公万感生。

千树桃花尚啼血，逼凌苍昊振天声。

清明率子拜谒陶公铜像（二首）

磊落光明独有君，陶公仪范世皆钦。

松风代展凌云志，再续长征励后生。

高风亮节比青松，一代英贤万世崇。

心底无私言在耳，长征接力建新功。

偕女友游浯溪题照（三首）

依稀曾几上峿台，一路莺花次第开。

梦里几回追彩蝶，思君无日不萦怀。

踏花人去夏而冬，梦里依稀觅旧踪。
对影相邀呼不应，始知人在画图中。

展卷时看倩影留，恍如旧地作重游。
倘能画里呼将出，再上峿台钓玉钩。

易先知（祁东）

浯　溪（五首）

激注泂悬水一溪，千姿百态志唐时。
苍梧挺拔洞庭秀，共映峿台碑刻奇。

摩崖绝壁刻名笺，韵响乾坤堪大贤。
占尽沧桑风雨幻，长留胜迹市朝间。

画阁雕梁倒影多，鱼游碧落鸟栖河。
霜天万类乐无已，秋水一泓新镜磨。

天马山奔宝塔滨，名人刻有好诗文。
漫郎风骨真卿体，灿烂潇湘岁岁春。

大唐拓本颂神州，勒石铭碑万古秋。
霜侵雪摧风骨俊，长同精魄耀城楼。

钟茂林（中国台湾）

浯 溪 吟 (四首)

桥畔林园碧水欢，哲人静坐不胜寒。
仁心报国何愁死，无怨无愁天地宽。

翠岭摩崖历久新，文人墨客醉奇珍。
登临最喜诗字铸，元结真卿万世春。

暑天偕友去摩崖，烟柳余花笑水隈。
犹有元颜风范在，诗词奇石醉心怀。

摩崖处处尽珍珠，霁日风光入画图。
桃李满园青柳舞，尘心俗虑世今无。

唐朝阔（永州）

参观浯溪碑林

历代书家恋浯溪，络绎此路有仙迹。
陶公不是寻常客，舍却皇城守墨池。

伍志军（零陵）

浯 溪

元子摩崖百丈楼，千年风雨韵仍留。
今人往事随流水，轻唱浯溪载月浮。

董春华（永州）

浯 溪 吟

浯溪山水特妖娆，灵气超然万古娇。
历代雄碑醒目在，诗心崖下激如潮。

周成村（安化）

浯溪石镜

郁色晶莹日月光，容颜分鉴两心肠。
冰心一片留清气，浊虑千般满屏霜。

杨松林（零陵）

浯溪石镜

石镜当年辨伪忠，而今难觅旧时容。
千秋功过民心底，尽在街谈巷论中。

彭庵酪（永州）

观浯溪石镜口占

女娲遗石在红尘，风砺砂磨照古今。
隐处毫芒皆洞鉴，过来各自检平生。

黎笃田（东安）

观镜石有感

几多忧患几多愁，石镜高悬照古丘。
千载遗物今已损，苦心一片付东流。

李长砝（永州）

浯溪怀想（二首）

唐代中兴众口传，摩崖石刻五百篇。
帝王将相争天下，九域黎民受苦酸。

绝世文章圣手传，才华愤懑石崖间。
山河壮丽英雄胆，不是文豪锦绣添。

杨金砖（东安）

浯溪夜月

千尺摩崖湘水滨，渡香桥上话中兴。
渔歌月夜瑶台景，不若浯溪漱玉声。

浯溪感兴

碑文读罢叹中兴，竹影朦胧月影冰。
人在悬崖看镜面，方知世事似寒灯。

唐城英（永州）

和杨金砖《浯溪感兴》

盛世唐朝赞中兴，西北战士难抗冰。
可怜贵妃照石镜，形容憔悴夜无灯。

邹武生（永州）

游 浯 溪

胜景浯溪挂心头，匆匆几过未曾游。

今逢重九开诗会，来此挥毫兴悠悠。

汪竹柏（永州）

三绝堂感怀(二首)

中兴一颂惊天地，胜景浯溪盖湘沅。
百代文人争到此，吟诗题壁效前贤。

蝘蜓为何书艺精，但观一叶知秋深。
归舟十过浯溪渡，都到苍崖研字痕。

李永才（零陵）

浯溪碑林

碧玉休嫌是小家，慧中秀外放光华。
黯然无语江干立，倩影亭亭帆影斜。

朱　瑾（衡阳）

春临浯水

清溪漱玉柳丝摇，缕缕轻烟笼石桥。
千仞摩崖春色里，一江独饮醉香醪。

赵亦初（邵阳）

浯溪谒陶铸铜像

斯人少小别浯溪，偃武修文济庶黎。
傲骨铮铮铜铸造，丹心热血映虹霓。

唐国兴

观《大唐中兴颂》喜吟

摩崖三绝永流芳,谁不惊讶与赞扬?
今日我来重献颂,中兴人胜郭汾阳!

欧启宗(衡东)

纪念陶铸诞辰一百周年

青松挺拔荫神州,风雨轻狂色愈稠。
百载诞辰诗作祭,浯溪万古溢芳流。

王　用

过浯溪桥偶成

浯溪河上一桥横,俯视桥身水下沉。
任尔纷纷说不是,为何人在水中行?

文爱华(永州)

观浯溪碑林

拱璧摩崖伫满山,金涛簇捧幻成仙。
佳辞妙墨中兴颂,古迹千年第一观。

刘芳菲(隆回)

观浯溪碑林

华夏名碑多胜迹,江南江北数浯溪。
鲁公泼墨中兴颂,观后堪怜此最奇。

张才芝(永州)

观浯溪《大唐中兴颂》碑感赋

摩崖壁立多形胜,最数元颜翰墨香。

名颂实讥悲喜泪,浯溪石镜照肝肠。

陈石泉

重游浯溪

访碑两度到浯溪,三绝奇观举世稀。

我爱名臣金石宝,流连不觉夕阳西。

刘志仲(祁阳)

题陶铸铜像

合肥瞑目千秋恨,昭代留名奕世芳。

塑像浯溪堪典范,如松屹立耀湘江。

唐湘麟(湘潭)

浯溪碑林

妙笔华章擅胜场,西南灵气会祁阳。

秋风寂寞浯溪路,难掩先贤日月光。

陈俊源(祁阳)

浯溪碑林

怪石碑林斗九重,唐宗宋祖数豪雄。

诗词翰墨流千古,光照山河别样红。

楚春台

游 浯 溪

祁阳西侧有浯溪,千载碑林楚客迷。

三绝摩崖颜氏笔,襟山带水听天鸡。

陈朝晖(祁阳)

浯溪公园

浯溪水秀百花妍,石刻碑林颂古贤。

刚烈陶公人肃敬,胜如宝塔耸云天。

刚烈陶公

陶公刚烈震京邦,斥贼安民真栋梁。

壮志未酬身已去,化成铜像抗严霜。

谭绪管(祁东)

晋谒陶铸铜像

眉眼含精主义真,额纹道道纪艰辛。

苍松品格垂千古,泽及神州惠后昆。

蒋崇炳(双牌)

庼亭小憩

庼亭放眼品潇湘,石树山川入画廊。

犹爱松风吹醉面,千年胜境著新妆。

吴 帆(吉林)

咏浯溪碑林

祁阳城外有碑林,绝壁临湘古树荫。

古刻亭台随处览,小桥流水弄清音。

黄警徐(衡阳)

浯　溪

渡香桥畔柳如烟,崖上几方碑石残。
勿为前贤伤寂寞,炎黄薪火赖承传。

陈维昌(湘潭)

浯溪观摩崖碑刻

摩崖日日染沧桑,无骨颜筋半带伤。
点似浮云横似雾,漫从陈迹辨兴亡。

陈光华

游览浯溪摩崖(二首)

摩崖三绝誉神州,惹得骚人结伴游。
吟诵引来山鸟和,行云至此也停留。

字画诗文举世夸,银钩铁划耀悬崖。
只缘代有生花笔,赢得山川景更佳。

唐兰亭(江永)

游　浯　溪

佳境初开元结词,摩崖三绝赞浯溪。
峿台漱玉双龙戏,镜石窊樽更览奇。

胡永清（双牌）

浯溪漱玉观感

闻道浯溪淌玉泉，今时污秽染清源。

我有一言须记取，重教"漱玉"返家园。

彭瑞龙（吉首）

读涪翁浯溪摩崖碑刻

涪翁南去过浯溪，扪诵唐碑醉若痴。

情寄摩崖留墨宝，诗风笔韵古今师。

李　成（四川）

喜读伍锡学《不是秭灾是祆灾》

伍子超群考辨才，遍翻书籍核摩崖。

还原历史真面目，本是祆灾非秭灾。

周仲生（祁阳）

读曾凡夫《浯溪研究集》(二首)

《研究》巨论喜新刊，字字珠玑学有渊。

细琢精研勤笔砚，桑榆奉献一枝攀。

考辨浯溪翰墨香，扬清激浊放光芒。

求精务实澄真伪，珠玉呈纷桑梓芳。

吕　琢（零陵）

浯溪览胜(四首)

自古浯溪名远扬，文人骚客笔留芳。

钟灵毓秀风光美，漱玉泉声奏美章。

浯溪石镜史流芳，天地人间察细长。
善恶忠奸能镜鉴，妖魔鬼怪自心凉。

宬尊夜月景清明，古篆文光天下名。
大颂中兴昭日月，浯溪汇处水波粼。

香桥巧渡喷香来，常引文豪聚峿台。
词赋诗文集雅趣，历留墨宝尽奇才。

李良和(零陵)

浯 溪 颂

浯溪文库万年延，异字奇文细探源。
石臼传说惩恶腐，陶公诗赋启后贤。

吴拙侬(零陵)

游浯溪公园

寒辰叶灿碧湘横，兴览摩崖感触生。
历代碑林今灿耀，庴亭小憩听溪声。

钟上元(祁阳)

浯 溪 颂

峿台屹立傍湘江，神态昂然望海洋。
大唐中兴传千古，浪涛澎湃向前方。

陈峻源（祁阳）

浯溪碑林

怪石嶙峋叠九重，唐宗宋祖数豪雄。

诗词翰墨流千古，光照山河日月红。

彭发校（祁阳）

浯 溪

元颜大驾落浯溪，三绝碑文永崛奇。

陶铸峿台挥巨手，欢歌天上彩云飞。

韩伍生（祁阳）

游 浯 溪

喜看摩崖百丈高，千年风雨蕴风骚。

古今往事随流水，欢唱浯溪伴月飘。

邓平安（祁阳）

游浯溪

抬脚浯溪寻古韵，悠来游去睹碑林。

一曲唐颂千年唱，犹似今朝虎啸人。

邓国生（祁阳）

游 浯 溪

元结雄文天下扬，鲁公书法永留香。

陶翁塑像千秋耸，相伴浯溪镜石光。

邓集俊(祁阳)

游浯溪有感

悠悠湘水一桥横,我到浯溪万感生。
千古摩崖留绝句,铮铮铁骨照来人。

桂　芝(祁阳)

浯溪藏幽

养在潇湘人未知,元公慧眼认浯溪。
锦山绣水碑材美,四海同声赞绝奇。

浯溪秋影

悬想漓江水一湾,更疑阳朔数重山。
秋波澹澹明如镜,倒影沉浮欲画难。

李孟光(祁阳)

仲秋游浯溪(六首)

钓 台 石

钓台经雨洗埃尘,正正方方稳坐身。
为爱晨昏江上月,下钩钓出太平春。

厗 亭

放眼厗亭湘水碧,汀洲白鹭草边飞。
时观六厌新添彩,一架桥横落翠微。

石　镜

摩崖天劈自唐开，阅尽沧桑镜石台。
戏说玄宗陈旧事，波光水影约重来。

读中兴碑

仲秋时节携同游，别自伤情百感忧。
读罢唐碑当世客，后庭歌舞几时休？

登峿台

登上峿台抒远眺，蓝天碧水白云高。
秋阳洒落潇湘地，到此谁人不吐骄！

宷尊

元公灵器石宷尊，自有山神注酒纯。
对饮吟哦天下计，一杯琼醴惜黄昏！

张宜武（江西）

浯溪咏（三首）

奇　石

浸水凌空独有型，潇湘观止叹峥嵘。
仰天长啸呈神韵，博大精深阅世清。

香　水

元颜香墨染浯溪，水馥山青世出奇。
润物无声情似海，奔腾不息壮湘祁。

浮 月

清流洗月露精光,石镜峿台凝盖霜。

最是宬尊蟾影倩,江风摇壁醉诗郎。

方 向(祁阳)

浯溪咏(三首)

浯溪倒影

瑰奇倩影落江中,三色浮光诗意浓。

崖壁层层犹史册,历朝兴废尚留踪。

三 绝 堂

霞彩染红三绝堂,游人来去桂枝香。

欢谈指点中兴颂,今日国昌回味长。

江边石柱

万古千寻耸碧空,狂涛冲击屹从容。

湖湘赋予英雄气,傲视东南西北风。

王家齐(祁阳)

浯溪即景

摩崖三绝远闻名,犹带六朝风雨声。

添得陶公铜像立,少年结队祭清明。

邓自强(祁阳)

陶铸铜像落成

吐珠喷玉一诗人,智勇能降百万兵。

浩劫纵然遭陷害，铸成铜像两间存。

毛建龙（祁阳）

浯溪谒陶铸铜像

古木溪亭映日红，杖藜扶我见陶公。
功勋盖世无私欲，赤胆忠心万世崇。

王芳明（祁阳）

拜谒陶铸铜像

翠柏青松映碧穹，三吾民众仰陶公。
丰功伟绩昭来辈，傲骨无私万世崇。

杨太平（祁阳）

浯溪陶铸铜像

耿介无私冠大荒，横眉冷眼睥林江。
宁抛纱帽持真理，铜像于今矗故乡。

唐盛明（永州）

题浯溪公园陶铸铜像

坐拥阳光岁序中，巍然但见气如虹。
心宽才敢怀天地，未老松枝摇作风。

蒋大业（零陵）

谒陶铸铜像

陶公端坐望峿台，笑看游人迎面来。

我为陶公诚仗义,功勋怎不勒摩崖?

唐泽达(祁阳)

瞻仰陶铸铜像

伟人风度气轩昂,端坐浯溪望远方。
热爱中华心向党,青松挺立映朝阳。

刘本建(祁阳)

赡仰陶铸铜像

光明磊落莲花绽,斗志刚强宝剑攥。
无私无畏天地宽,亿万人民永怀念。

张广昌(祁阳)

瞻仰陶铸铜像

此日心潮逐浪高,敬瞻铜像泪花抛。
精忠报国谱新曲,陶铸英魂上九霄。

毛德山(祁阳)

祭陶铸公

岁岁年年祭铸公,气冲霄汉贯长虹。
精忠报国今何在,铜像巍然万世雄。

柏诱明(祁阳)

瞻仰陶铸铜像

仰公铜像慰陶翁,今日人民脱困穷。

改革东风春浩荡，和谐社会国兴隆。

龚启俭（祁阳）

瞻仰陶铸铜像

曾向烟云驱雾朦，横刀亮剑镇妖凶。
东风未尽潇湘意，独倚青松向大同。

刘年春（女，株洲）

拜谒陶公铜像

重回母校感怀新，昔日操场塑伟人。
我到像前三顿首，清明时节泪纷纷。

注：初中毕业五十年后，同学聚会，回原祁阳三中求学处，见原学校操场上耸立陶铸铜像，敬而拜之。

王东亮

拜谒陶铸铜像

翠柏青松映碧穹，三吾民众谒陶公。
丰功伟绩昭来辈，傲骨无私万世崇。

邓芝香（永州）

瞻仰陶铸铜像

祁山钟秀毓英雄，武略文韬屡建功。
天运红羊成浩劫，凛然正气一陶公。

邓蔚其(祁阳)

秋夜月下游浯溪

莫道浯溪峦壑小,汉宫飞燕果出群。

秋宵最是临江月,似醉飘飘莅太清。

注:第二句以赵飞燕的身材小巧喻浯溪之美。

柏青竹(女,祁阳)

陶公铜像下留影

今朝瞻仰陶公像,铁骨铮铮百代扬。

雨雪风霜何所惧,殊勋伟业记胸膛。

陈　达(祁阳)

瞻仰陶公铜像肃然起敬

救民救国立奇功,端坐巍然面向东。

心似镜明清似水,云霞照耀气如虹。

李沥青(嘉禾)

谒浯溪陶铸铜像

立地顶天松性格,红书两本见情操。

英雄无觅铜雕在,千古潇湘卷怒涛。

陈玉权(永州)

瞻仰陶铸铜像

祁山浯水浪连天,天地同流景自然。

正气长存人共仰,陶公铜像立云端。

陈承宝（福建）

题祁阳浯溪公园陶铸铜像

松柏青葱春色浓，飞扬神采一豪雄。

坐观日出心花放，禹甸昌隆万国崇。

读陶铸《松树的风格》碑

历雪经霜一劲松，扎根石罅总葱茏。

冰魂懿德留春驻，风骨熏蒸滋化功。

唐华元（衡阳）

瞻仰陶铸铜像和参观陶铸纪念馆

秀丽浯溪水亦香，地灵人杰壮祁阳。

英名赫赫垂青史，铜像巍巍光故乡。

彭肇国（黑龙江）

参观浯溪陶铸革命事迹陈列室

正直为人受虐残，南天一柱殒狂澜。

当年权势熏天者，若个留名试比肩？

伍锡学（祁阳）

登浯溪虚怀阁

凌云画阁耸悬崖，迎着湘江浩荡来。

今日登临多快意，一轮红日入虚怀。

观浯溪利见碑廊

峿台有幸立碑廊,褒奖忠良姓字香。

想见当年东海上,炮轰法寇凯歌扬。

读《龙腾盛世》碑

高大新碑展风姿,龙腾盛世亮浯溪。

东风浩荡来瞻望,正值龙腾盛世时。

注:2010年由著名榜书家徐双喜书丹并立巨碑于浯溪渡香桥西山坡上,与张海七律各占一面。

石　文(祁阳)

登 峿 台

九日峿台放眼量,傍江芳榭映朝阳。

登临一种题诗客,齐道黄花晚节香。

登 庼 亭

水上石山山上亭,亭前藤上啭流莺。

漫郎当日洗心处,我听松风和水声。

三 绝 堂

三绝堂中拱璧藏,摩崖一展百平方。

次山文字鲁公笔,碑石常悬日月光。

读张泽槐编著《越南使者咏浯溪诗文选注》

越南使者喜浯溪,饱览珍奇个个迷。

水态山容细雕刻,更称二绝与天齐。

注：二绝，书中多人称元颂鲁书为二绝。

步和宋臧辛伯《浯溪》

由他黑雨一时横，且坐宓尊待月生。
若有酒妖来盗宝，剑光落处霹雷声。

黄　嵩（祁阳）

登浯溪六厌亭

秀山绿水胜天酬，风送松涛争自由。
霜染冬阳犹可爱，清凉解暑更难求。

注，"六厌"：目所厌者远山、清川，耳所厌者水声、松吹，霜朝厌者寒日，方暑厌者清风。厌，不厌也；厌，犹爱也。

邓志朝（永州）

忆陶铸视察浯溪鼓励绿化

浯溪驻足话乡音，勉励师生造树林。
今日陶公铜像立，喜看漫野绿成阴。

注：1962年11月17日，陶铸同志由祁阳三中校长雷声溢陪同，视察浯溪，鼓励师生植树。事后，学校掀起植树热潮。

浯溪古樟（二首）

唐樟宋树浯溪景，变幻风云处不惊。
树下少年漂泊老，生平苦旅跋登勤。

千年古树寻常见，百岁仙人哪里迎？
莫怨湘江流日夜，夕阳晚照步新程。

陈鹏飞（祁阳）

浯 溪 月（三首）

山似铁屏水如绸，平卧秋波得温柔。
我看明月月看我，悄倚岩侧面带羞。

四山秋色谁着彩，一江素绢任我裁。
剪声惊动天上月，忙将银项抛过来。

溪声杳然石苔枯，深林幽处觅忠孤。
多情惟有树梢月，默默望我不转珠。

周步云（祁东）

次韵和祁阳三中胡君策雄《游浯溪》（四首）

中南名胜甲浯溪，垂绿飘红岂足奇。
独有唐碑照千古，山光水色始生辉。

披荆剥藓拜昌言，文笔千秋仰二贤。
解识孤臣肝胆语，玉颜何至落人间？

火不昌唐妖孽多，名花倾国葬山河。
雄文健笔垂殷鉴，青史丹心永不磨。

怪石嵌崟倚水滨，兴亡陈迹鉴斯文。
开元天宝君王业，南内秋深莫怨春。

春晚偕友人游浯溪（五首）

危亭磴道绕芳菲，高啄牙櫓信入时。

风物已非唐岁月,寻源何用问支机?

桃花零落菜花飞,紫蝶随风过小溪。
倦鸟投林浑无事,戏呼新月送人归。

波摇玉柱水空明,两岸微风绕树生。
最是夕阳无限好,半依山景半随人。

凭栏四望郁青青,风送江声入古城。
渺渺平荒天远大,夕阳倚笑月黄昏。

落宕风尘一瞬间,重来浯上已衰颜。
百年好景春多少? 报与花神为探看。

高求志(祁阳)

新雨忆浯溪生活(四首)

唐亭胜似小瀛洲,六厌风光何处求?
新雨一场花烂漫,烟波声里看渔舟。

不爱僧门不占山,江流误送米家船。
至今犹有游山客,指点石丛拜米仙。

浯溪形胜满湘中,前有阳明后祝融。
奉劝往来名利客,磨崖碑下看苍松。

鲁公文字老来雄,三绝堂中沐古风。
恭劝而今学书者,碑林足尔一生穷!

浯溪漫吟（十首）

漫郎文字古来奇，水大山高不可移。
端赖颜公雄健笔，石崖镌颂与天齐。

磨崖石刻中兴碑，万古千秋史客悲。
莫怪江花能插鬓，镜中犹自照杨妃。

宎尊台上月儿明，宎尊台下江风清。
若非酒妖来盗酒，至今仍可醉太平。

石韵金声接水声，游人到此必怡情。
我携佳侣焉能外，捡得砖头小鸟惊！

庽亭六厌至今留，十里清光下鹭鸥。
须待晴川霜日好，松风着意送轻舟。

次山渔网今安在，米氏画船何处存？
惟有寒烟苍翠里，惹他骚客论纷纭。

香樟谁植已千年，翳我青衫洙泗边。
不独元颜开绝境，文风万里定流传。

心底无私天地宽，声容犹在水云间。
浯溪钓石迎花草，不为民谋莫做官。

闻道浯溪水亦香，十年暌隔旧梳妆。
苍松翠柏齐天际，掩映忠魂万古扬。

漫郎占尽好溪山，清夺湘流有颂篇。
今我新诗吟不得，恐惊江底蜇龙眠。

邓　恒(祁阳)

题峿台

月夜宬尊酒溢香，吕公斩怪美名扬。
今君不见湘泉涌，游子何方问醉乡？

冯国喜(祁阳)

浯溪少女

浯溪碧水带春流，少女梳妆古渡头。
倾国倾城金不换，明珠一串笑含羞。

颜　静(祁阳)

浯溪踏青

湘江左岸邑城东，石壁穿云侵远空。
遗境萤窗漂麦雨，踏青撷卉浥衣红。

邓俊峰(祁阳)

浯溪赏菊

浯溪九月显秋华，林景阳光透彩霞。
柏茂松青瞻塑像，诗翁犹爱赏黄花。

伍可星(女,祁阳)

春游浯溪樱花园(二首)

烂漫花开三月春,阳光普照若霞云。
游人醉美东风里,装点溪山图画新。

结伴寻芳溪水滨,花娇叶嫩影芬芬。
可爱枝头蝴蝶舞,与人游戏与人亲。

万　迁（长沙）

初咏浯溪

紫气西来久，浯溪翰墨浓。

大唐涂德泽，盛世记遗踪。

漫叟诗情隽，颜公笔力雄。

中兴今在望，谁为篆飞龙！

谭新业（祁东）

浯溪浅咏

浯溪名胜地，千载聚嘉宾。

唐代元公忆，今朝百姓临。

水清歌雅韵，崖陡勒奇文。

岂惧狂风雨，春来更绿荫。

潘伏生(祁阳)

浯 溪

双虹气势磅,胜地谱新章。

怪石碑林秀,摩崖翰墨芳。

幽花环画阁,铜像炳潇湘。

更有陶公韵,浯溪水亦香。

谭绪管(祁东)

浯 溪

元颜创意深,千古有知音。

树木森森翠,诗情涌涌侵。

花开天亦笑,浪起水常吟。

塔影书崖梦,流连岁岁心。

彭乐三(中国香港)

浯 溪

怪怪复奇奇,苍然泛异姿。

亭台各互立,崖石自矜持。

仙客萧萧意,诚斋謇謇词。

攀临一吊古,垂手立多时。

注:杨万里《浯溪赋》谓其一怪怪奇奇,其一謇謇谔谔。

高求志(祁阳)

浯 溪(二首)

元颜辟荒境,百代竟垂传。

石镜迎花草,磨崖待世贤。
宸尊醒醉际,归鸟画梁前。
水大山高极,堂中读颂篇。

一自元颜后,中兴人共吟。
古樟生石上,落叶腐碑阴。
漫漶扪残字,凄凉嗟壮心。
溪清千载似,独照鬓霜侵。

黄建华(祁阳)

浯　溪

巍岭耸江门,巉崖浴彩暾。
石镌千客墨,碑熠万贤魂。
牛斗文光现,乾坤宝篆存。
华天中兴梦,激励古今奔。

黄先德(江华)

浯溪信步

碧水映蓝空,浯溪画境中。
漫郎文古雅,颜子墨玲珑。
石径青松茂,云林枫叶红。
心随泉浪舞,情满一山风。

龚启俭(祁阳)

浯　溪

且避尘嚣地,浯溪暂借光。

山披翡翠绿，天赐淡幽香。
镜送潇湘远，碑含日月长。
元颜存古迹，绝壁露珍章。

浯溪祭陶铸

浯溪心慕久，登顶踏奇峰。
崖壁千寻立，陶公百代恭。
焚香飘旷野，磬鼓伴晨钟。
祭奠虔诚意，剑寒嵌老松。

刘礼富（衡南）

祁阳浯溪游感

胜景哪方寻？浯溪漫步吟。
林间闻鸟语，亭内远尘音。
无意惊风雨，有诗怀古今。
碑铭怜万代，游感满江浔。

石燕飞（祁阳）

游浯溪碑林

华夏碑林冠，中兴颂大唐。
鲁公挥铁笔，水部著文章。
国赖贤臣辅，民沾宝刻光。
一篇寓讽谏，鉴古永流芳。

胡迎建（江西）

读浯溪《大唐中兴颂》

摩崖颂大唐，倒影映湘江。
肇起南祁景，遥涵北斗光。
艰危忧国运，点划证贞刚。
千载留真气，恭瞻壮慨慷。

张宜武（江西）

游浯溪读《大唐中兴颂》

唐臣颂世昌，洒墨染湖湘。
字植悬崖隽，香流浪影长。
神工留岁月，胜概显辉煌。
文脉融今古，正能雄韵章。

刘绮国（长沙）

浯溪观《大唐中兴颂》碑

偕溯浯溪水，峰回紫蝶遄。
摩崖高万仞，石刻满千篇。
元结雄文撰，鲁公毫管宣。
醇醪当细品，日暮不忍旋。

何效迅（新田）

游浯溪碑林

诗坛重九会，寻胜到浯溪。
万劫存唐碣，千秋勒宋题。

奇文劳想象，古篆辨依稀。

石镜何须照？平生自不欺。

游浯溪瞻仰陶铸铜像（二首）

梦绕浯溪久，诗朋邀我游。

摩崖梅雨细，寻句柳风悠。

泪洒陶公节，心坚孺子牛。

英雄豪气在，浩荡水东流。

胜迹临湘水，巍巍耸杰人。

回天凭赤手，斗鬼耿丹心。

万古松风烈，千秋铁骨铮。

山山皆肃立，含泪仰弥钦。

冯亦吾（徐州）

游 浯 溪

浯溪多胜异，元结勒三铭。

风雨千年劫，盛衰十代更。

中华重振作，大地起文明。

仰慕先贤迹，高歌颂治平。

刘建儒（祁阳）

秋登峿台

风凉知白露，丹叶染西郊。

云彩追群雁，桂芳熏九霄。

峿台观景远，诗兴比秋高。

最赏中流柱,狂涛不折腰。

颜　静(祁东)

冬日浯溪

峙立湘江岸,黄云镇日阴。
风皆推木叶,寒不瘦碑林。
霜壁唐朝颂,烟波楚户砧。
雪疏幽径动,空境晚听琴。

邓俊峰(祁阳)

岁暮游浯溪

石镜碑林秀,骚人约伴游。
先贤濡墨翰,铜像映山丘。
翠柏钟灵气,摩崖结彩楼。
飞虹牵电站,日月照江流。

忆首次赏浯溪碑林

高中偕学友,首次进浯溪。
石壁摩崖怪,纸张印字奇。
露天文数版,漫地墨盈碑。
互赞诗词粹,师生共赏之。

易先知(祁阳)

重游浯溪

几度修葺后,而今景胜初。

墨香湘水远,文润楚天舒。
古木枝增秀,宼尊酒有馀。
重游情不已,回首上归车。

肖建民(新田)

与书友游浯溪

湘水千年秀,摩崖天下知。
颜黄毫力健,元范楚章奇。
道友勤磋艺,书坛喜步梯。
兴随微醉后,研墨点浯溪。

陈精华(祁阳)

陪学友游浯溪

我爱浯溪美,山奇水更幽。
摩崖悬百尺,石刻越千秋。
元子文章在,颜翁气节留。
潇湘多胜迹,此处拔头筹。

林梦非(长沙)

浯溪重阳诗会留句

浯溪享盛誉,碑林起大唐。
圣手留真迹,骚客咏华章。
清流映山色,黑石夺灵光。
秋高春意满,黄花遍地香。

唐盛明（祁阳）

三吾闲咏（三首）

浯　溪

山奇水亦奇，双井汇成溪。

沐浴千秋月，缠绵十里畦。

花开桥上渡，鸟啭树头栖。

心落清幽处，吾人已忘机。

唐　亭

崖壁倚风亭，倒投湘水清。

含晖当镜石，览胜赖碑铭。

文字千年诵，山河万世承。

忽听欸乃曲，幽绪系中兴。

峿　台

独有此危台，登临晴旭开。

凿尊添酒逸，邀月佐诗怀。

时序循兴替，云光任剪裁。

秋高风晓畅，远景入眸来。

陶　钧（祁阳）

浯溪八景（八首）

浯溪漱玉

一泉何自出，双井衍浯溪。

既极潇湘胜，还矜江汉低。

圆翻珠滚滚，方折玉澌澌，

媳妇遥相伴，铮铮任勃豀。

镜石含晖

此中何所有，晶莹石一方。
唯虚能受物，无垢自生光。
善鉴知神异，通灵即宝藏。
含晖吐清影，天地更皇皇。

窊尊夜月

借问道州使，为何凿此尊。
此中有真趣，醉里妄晨昏。
吸尽湘江水，招来蟾魄魂。
嫦娥应妒不？着我犊鼻裈。

磨崖三绝

一崖自崔嵬，中兴独有碑。
太师书大字，水部著鸿词。
讥颂凭千古，风骚振一时。
今朝崇鉴赏，怕听杜鹃啼。

唐亭六厌

不到清虚境，焉知六厌情。
川晴绿带绕，山远翠眉横。
寒日临霜晓，薰风逐暑生。
水声松吹里，便胜锦官城。

峿台晴旭

峿台高百尺，曙色耀金轮。
岂觉扶桑远，但窥星斗亲。

祁山排日出，天马自空巡。

我欲乘风去，磨刀割紫云。

香桥野色

香桥多野色，万物斗芳菲。

水暖游鱼跃，风轻野鸟飞。

几畦瓜豆熟，十里稻粱肥。

觅得忘机地，何妨戴月归。

胜异亭岚

晨熹迷远岫，蜃气锁深潭。

如霁霏微雨，长拖滴翠岚。

野花溶露合，淡柳乱烟含。

寄语登临客，山川仔细探。

毛定波（衡东）

浯溪摩崖

妙石浯溪摆，风光靠剪裁。

摩崖对君笑，璧镜向人开。

待刻中兴颂，还邀巨笔才。

彩楼迎贵客，湘水扮妆台。

唐际绍（永州）

浯溪照妖镜被日寇刺毁有感

日寇镜前望，嗷嗷尽是妖。

原形遭败露，恶念起波涛。

怒刺清明镜,长留凹凸槽。

恨剜强盗肉,补石照今朝。

王赓民(祁阳)

浯溪镜石

浯溪镜石神,水拭鉴天真。

照出山花树,分清水舫人。

心肠良莠暴,肝胆美邪屯。

永古留斯石,妖魔怕现身。

峿台放歌

湘浯水碧波,怪石伴江河。

峻峭洄潭上,悬崖绝壁坡。

登临凭眺望,打坐漫吟哦。

愤闷忧烦者,求娱且放歌。

谢彦玮(长沙)

戊辰重九浯溪雅集(四首)

清澈潇湘曲,摩崖四海闻。

龙蛇腾劲笔,星斗焕奇文。

秋水涵空碧,芳荪送远馨。

从知忧国泪,洒自九嶷云。

巨擘辉煌久,三吾仰大贤。

溪山怀帝阙,镜石蕴真诠。

祸福常相倚,兴衰每接连。

古今同此理,勉着祖生鞭。

山水钟灵地,南天柱一枝。
佐贤调鼎鼐,谋国护兰芝。
积毁名尤著,坚贞世所知。
巍然营造像,长寄邑人思。

茱萸诗酒会,群彦集高秋。
水石清华处,书辞峭拔丘。
名园诚秀发,贤守自风流。
当代中兴颂,争跻最上游!

桂多荪(祁阳)

欢迎全省书画家浯溪雅集(二首)

有石无水枯,有亭无树孤。
树亭水石合,奇崛清幽俱。
此境何处有?浯溪天下无。
况兼诗似海,满石是玑珠。

浯溪水石秀,唐后属诗人。
漫叟三铭绝,鲁公一颂名。
文章千古事,书画一家亲。
好借云烟手,精描盛世春。

王俨思（长沙）

与参加柳宗元学术讨论会诸君
访浯溪元结旧居处

潇湘秋气肃，联袂访浯溪。

壮志思鹏举，中兴有凤栖。

劫余碑尚在，人去鸟空啼。

林石流连处，云山入望迷。

彭肇国（黑龙江）

瞻仰浯溪陶铸铜像

姓氏荣乡里，今朝始识荆。

铮铮金是骨，栩栩貌如生。

青史留三立，红心感万氓。

湘江怜枉屈，日夜不平鸣。

李时英（衡阳）

晋谒陶铸铜像

忧国怀宏志，刀丛历死生。

寒光凭剑吐，亮节倩诗吟。

耿耿青松骨，拳拳赤子心。

浯溪日月朗，长照后来人。

金和耀（邵阳）

纪念陶铸百年诞辰

仰慕陶公久，鞠躬铜像前。

雄风荡昊宇,睿智誉坤乾。
湘水清波涌,舜陵英气连。
毕生为正义,百岁更昂然。

黄为俊(祁阳)

瞻仰陶铸铜像

铜像巍然立,思君昔日情。
江山留胜迹,革命显奇能。
浩劫十年乱,蒙冤百丈深。
云开红日出,千古仰贤人。

浯溪偶占

浯溪如画里,湘水映晴空。
陡壁悬明镜,飞桥落彩虹。
游亭环翠绿,座石点朱红。
犹敬陶公像,功名上景钟。

冯济泉(贵州)

怀唐贤元结并陶铸

久秉凌云志,惯经风雨心。
峥嵘辉盛世,披拂作龙吟。
芝盖擎天地,沧桑阅古今。
摩柯千缕翠,处处有知音。

伍锡学(祁阳)

浯溪拜读《松树的风格》碑

巨碑坡上耸,肃穆诵声声。

句展英豪气,文涵高尚情。

爱民欣贡献,忘我敢牺牲。

松有陶公品,千秋共美名。

注:2011年初夏,该碑由湖南省书法家协会主席何满宗书丹,并立巨碑于陶铸革命事迹陈列室前。

李　云(祁阳)

喜读桂老多荪《浯溪丛考》

喜读《浯溪考》,浯溪草木欢。

千年理旧案,一字重云山。

卅载凝心血,碑林焕玉璇。

多翁诚不老,含笑叩元颜。

朱尧伦(中国台湾)

读《浯溪研究集》并序

　　我本湖南邵阳人,二十岁离开家乡,未曾听说浯溪。在台湾,我买了全套"中国旅游十大巨册",也不见说浯溪。国父孙中山纪念馆视听资料齐全,我竟对浯溪没有印象,各旅行社也不知。承钟茂林先生赠予曾凡夫教授著述的《浯溪研究集》五册。我留一本,转赠四册。我读后,非常惊讶!一惊:如此丰富的文化资产。二惊:如此精到的学术著作!得此书的张寿平教授、林恭祖教授、黄金陵教授和一位退休秘书,都"很用力阅读此集","一看就爱不释手","非常欣赏此集"。

　　细读浯溪集,心仪忠义魂。

　　南崖宜广市,北窟应同尊。

字羡颜黄格,诗称三四元。

野樵如有幸,渡海拜山门。

注:三四元,三元指元结、元稹、元好问三大诗人;四元指元嘉、开元、元和、元祐年号,均为文风鼎盛时代。拜山门,我欲自资在浯溪立一方诗碑,然后渡海拜唐亭。

张　海(北京)

浯　溪

祁阳山水古来精,胜迹琳琅照眼明。

岗岭葱茏初有路,清流潋滟始无名。

天教巨匠留三绝,人仰仙风起五更。

今日浯溪重刻石,喜朝华夏又中兴。

注:2010年,时任中国书法家协会主席的作者书丹,立巨碑于浯溪渡香桥西山坡上。

彭崇谷(长沙)

咏浯溪碑林

溪汇湘江幽境开,奇石昂首耸亭台。

宗师代代书墨迹,华论篇篇刻史碑。

颜老毫挥龙凤舞,元公著溢春秋才。

江涛千古滔滔去,惟听誉声阵阵回。

注:现任中华诗词学会副会长,湖南省诗词协会会长的彭崇谷于辛卯夏撰诗并书,刻碑于浯溪。

黄警徐(衡阳)

浯 溪 行

山水未随星斗移,摩崖斑驳辨依稀。

三吾元结开胜境,千载名篇续后题。

曲径徘徊贤达近,通衢挥手暮云低。

江流石在长牵挂,梦里依然沿小溪。

桂兹爱(祁阳)

浯 溪 行(二首)

微风拂煦踏园门,南国摩崖天下闻。

藤蔓龙蛇攀绝壁,湘灵浩渺祭忠魂。

高台叠彩江流碧,飞角凌空鸟逐云。

拜倒古今多少士,不名人亦赋诗文。

一片阴凉绿映红,岩边古树郁葱葱。

遍山篆壁文光远,异代才人雅兴浓。

冉冉清暾舒老眼,粼粼碧水卧长虹。

凭栏喜眺苍茫地,是处高楼耸半空。

陈永耀(祁阳)

浯 溪 行

座镇潇湘倚古城,三吾胜迹世间闻。

碑传妙笔飞龙影,台耸危亭惊鸟魂。

树色茏阴千叠石，书声朗遏九霄云。
名山壮丽文风雅，复有才人出水滨。

刘成之（祁阳）

浯 溪 行

中兴颂刻石岩坡，骚客抒情写赞歌。
元老雄文歌帝业，颜公翰墨耀山河。
凿龟人去龟常在，冲臼僧离臼不磨。
石镜深潭光日月，来观三绝乐呵呵。

谭　修（长沙）

浯 溪 行（四首）

秋高梦迥向浯溪，欲杳名区愿久违。
千载风流颜米迹，一时俊彦廖王辞。
翩翩杖履湘南健，济济云裾道左随。
胜日携囊寻句去，黄花休讶我来迟。

三吾风日落吟边，迹杳湘皋夕泊船。
道远迷漫思未了，碑崇苍劲景依然。
宨尊碧浸千秋月，镜石青涵万户烟。
当代中兴应有颂，老于文学待何年。

南行结伴足欢虞，九日寻芳入奥区。
万谢才高怀二绝，颜元迹古剩三吾。
江山有幸归民主，鱼鸟如亲绕故浯。
最是风高无帽落，万人队里不曾孤。

举世皇皇论万钱，文章经济两难全。

摩岩奎璧光如烛，破壁龙蛇墨似烟。

对景漫依篱菊老，堂题应许姓名镌。

颜元刚气同天地，日暮游踪怀陌阡。

注：廖王，指廖奇才和王建文。湘皋，清道光年间新化著名诗人邓显鹤字湘皋。此处为双关语，邓有泊浯溪诗一首。万谢，指万迁和谢彦玮。

王文初（衡阳）

浯 溪 行

浯溪美景四方闻，骚客名流翰墨新。

密密碑林集古鉴，巍巍铜像悼忠魂。

三绝引来三南路，一桥托起一江情。

渡香桥畔设琼宴，美酒杯杯醉旅人。

佚　名（越南）

浯 溪

信步闲游浅水边，江山如画景悠然。

两三野鸟烟波外，六七人家柳岸前。

红日落残钩挂月，白云行尽镜磨天。

安南万里朝中国，暂借唐亭一夜眠。

斐文祀（越南）

无 题

道州心事满江湖，借此岩泉漫自娱。

颂有颜书传二绝，亭连溪水记三吾。

废兴镜石云光变,醒醉宪尊月影孤。

篆笔题诗山欲尽,当年曾识隐忧无?

彭乐三(中国香港)

浯溪摩崖碑颜真卿书大唐中兴颂

碑林总总在浯溪,三绝颜书字字奇。

唐颂中兴同寿石,摩崖万古树良规。

扶梯逾涧伸猿腕,故步攀藤剥藓皮。

百代江山留胜迹,薄游到此发幽思。

申思奇(中国香港)

重游浯溪

晴空朗朗思悠悠,游子归来觅旧游。

石镜重光明灿灿,宋樟复活绿油油。

铜像一尊昭日月,碑文千幅记春秋。

大桥迎送天涯客,归去来兮多自由。

彭青野(零陵)

游　浯　溪

五岳归来路几重,浯溪丘壑亦峥嵘。

苍藤挂石添佳致,老树经霜对晚晴。

高士独知山水乐,庸人都为利名争。

崖前喜读中兴颂,最服颜元气度宏。

马少侨(隆回)

重游浯溪书感

碧波依旧荡亭台,千古江山几劫灰。

一片唐碑留史鉴,十年秦火扼诗才。

撑天铁骨松风劲,掷地金声水月怀。

重到浯溪增百感,此身曾是个中来。

彭楚明(永州)

游 浯 溪

浯溪美景总萦怀,五次三番今又来。

赏草观花忘得失,读碑诵史叹兴衰。

几朝风雨馨江水,一代诗文璨石崖。

最是春风三月里,人间仙境胜蓬莱。

题浯溪公园陶铸铜像

目光炯炯望苍穹,正气昂然似劲松。

收拾金瓯肩伟业,繁荣祖国建奇功。

忠心耿耿当人杰,铁骨铮铮为鬼雄。

扫尽阴霾天朗朗,游人到此仰高风。

桂兹培(祁阳)

游 浯 溪

浯溪胜景究如何,水石清奇绕薜萝。

摩岭凌霄棋设局,窊尊映月酒浮波。

林苔掩路回还转,山鸟宜人飞复歌。

最是沿崖碑刻在,千秋留得好诗多。

李永才(零陵)

游 浯 溪

碑林博大数浯溪,水绿山青翠鸟啼。
绝代翰花园景艳,摩崖唐颂世人迷。
双龙水口堪垂钓,六厌风光好隐栖。
寸步仰瞻师古圣,一樽还酹大江西。

刘祖光(祁阳)

游 浯 溪

老到浯溪忆少年,风云变幻两重天。
且磨石镜窥春影,细辨龙蛇话昔贤。
嫩树夹花香曲径,飞亭和月醉游仙。
相携旧雨攀高望,滚滚湘流思万千。

石 林(祁阳)

游 浯 溪

隔岸楼房各不同,高低大小影朦胧。
湘江横过一条绿,桃杏初开几点红。
波里游鱼吞碎日,林间飞鸟闯东风。
渔樵对饮啙亭上,漫数英雄笑语中。

毛德山(祁阳)

游 浯 溪

鹤发诗朋不怕难,攀登直上彩云端。
潇湘岁月人流激,唐宋碑林不畏寒。

宝镜透明舒远岫,悬岩陡壁伴危滩。
凭栏广眺山川秀,眼底祁城飘紫岚。

邓明良(东安)

游 浯 溪

浯溪胜景摩崖刻,三绝堂前忆次山。
谈笑观文君解事,贬褒读赋自投缘。
思吟镜石兴衰悟,过往碑林写画难。
贤哲风流遗迹在,湘江作伴识忠奸。

王杰元(祁阳)

游 浯 溪

浯溪山上尽情游,好趁春光互唱酬。
绿树团团亭阁抱,快门闪闪镜头留。
园中揽胜观奇石,江上兜风弄小舟。
伫立崖边舒望眼,中兴碑刻耀千秋。

瞻仰陶铸铜像

陶公本是一株松,正气凛然天地中。
百战归来成好汉,万难劫后显英雄。
政坛建树千秋业,桑梓扶危百代功。
今日园林铜像立,万民瞻仰伟人容。

柏　英(香港)

游 浯 溪

胜地浯溪藏柳莺,三吾子弟尽光荣。

穴风掀起千层浪,石镜高悬万里明。

历代书碑迷眼底,五亭风景栩眉生。

大桥横贯湘江上,游子还乡忆旧京。

唐华元(祁阳)

游 浯 溪

携儿陪父览三吾,盛夏遨游亦乐乎。

山水钟灵呈胜迹,亭桥耸架壮宏图。

仰瞻贤哲诸公像,细看悬崖历代书。

更喜中兴留墨宝,潇湘永耀一明珠!

冯弹铗(北京)

游 浯 溪

浯溪古迹几经秋,凭倚栏杆一望收。

湘水奔流来眼底,祁山排闼入云头。

碑林焕彩翻新样,亭阁辉煌展壮猷。

瞻仰陶公英烈像,雄风革命尚存留。

申智鹏(湖北)

游 浯 溪

一条碧玉入琼江,水映摩崖十里香。

古木参天花绽放,浓荫匝地鸟飞翔。

篆铭异石旌吾有,筑阆高峰娱老娘。
千载漫郎功绩在,浯溪奇气冠潇湘。

彭庵铭(祁东)

游浯溪

曲涧莲黄叶报秋,清流绕石过南楼。
前贤卜筑丛祠肃,古碣苔封篆迹留。
崖峭夬符酣客梦,峿台宾盏忆仙游。
几人到此能佳句?元颂颜书在上头。

何富礼(新田)

游浯溪

摩崖削壁临江渚,流碧山青赛画描。
绿树含烟珠点落,红楼映影水波摇。
摩崖雅韵千秋绝,铜像英雄一代骄。
底事人人临此地,只缘时势逐风骚。

王　璘(郴州)

游浯溪

三吾胜概最堪游,碣石丹枫碧水流。
面镇长桥飞骏马,临江断嶂系轻舟。
峿台远眺幽亭翠,镜石含辉劲竹幽。
移墨摩崖三绝地,元文颜字足千秋。

周文杰(祁阳)

游浯溪偶成

晴空万里气温和,信步峿台望绿波。
树木参天遮日月,书声动地震山河。
枝头燕雀随风舞,崖下渔船泊岸歌。
瞻仰陶公魁伟像,精神抖擞倍增多。

冯恩泽(汨罗)

游浯溪公园并谒陶铸纪念馆

烟雨浯溪草木森,涛声隐约涤碑林。
宋樟抱石迎羁客,磨镜含晖悬玉岑。
壁篆已传千载史,沙云未解一人心。
陶公馆内齐垂首,远处松风和泪吟。

罗名洪(宁远)

游浯溪怀元结

虚怀亭上怀先师,千古舂陵示史诗。
结庐峿台观夜月,独吟湘水照霜丝。
志平乱贼留青史,曾许南岳移九疑。
山不在高足万载,次山文字鲁公碑。

邹　湘(长沙)

游浯溪感怀

湘江之水广西来,斩断云山绝壁开。
观壮南天凌浩气,遥迎北斗照亭台。

遍留翰墨题山石,真个元颜胜庶才。

我去欲来何限慨,乱离声促浪千堆。

重游浯溪

绝巘横陈峭壁天,谁家叠石垒江边。

磨岩巧制千章艳,书页雄挥万字妍。

壮丽三吾今古迹,高人咏士有无缘。

奇观胜概奇人铸,漱玉湘声列管弦。

刘惟真(祁东)

丁卯仲春游浯溪(三首)

湘江胜境几浯溪?绝壁丛刊百代词。

漫叟遗文饶朴健,鲁公劲笔夺虬螭。

山河壮丽开新宇,人物风流迈昔时。

莫向同游悲老大,好将白发颂朝曦。

四十年前忆旧游,风云黯淡叹沉浮。

渔樵愁唱潇湘月,管笛悲吟芦荻秋。

赖有春雷惊破晓,从教大略固金瓯。

欣闻待立陶公像,革命人歌万代庥。

高踞峿台放欲狂,十年磨劫未能忘。

愁闻石壁沉冤鬼,暗忆山城逐翰章。

拨乱已曾昭日月,慰灵堪为颂虞唐。

仁山智水铭今古,莫遣妖氛再上场。

注:颈联指"文革"中,曾有某当权派自峿台跳崖自杀,死者系本人中师同学。山城,指道县。

李仁树（祁阳）

春游浯溪（二首）

喜上峿台醉意浓，一江春水映霞红。
东君笑洒开心雨，岸柳欢摇得意风。
吹发摩崖花万朵，染成庐岭景千重。
碑林也爱时装秀，雨后眉尖挂彩虹。

魂牵梦绕浯溪久，诗友文朋邀我游。
绝赋摩崖梅雨细，鲁公遗墨柳风悠。
青松品德陶公节，心底无私孺子牛。
百战英雄豪气在，忠魂浩汇水东流。

龚启俭（祁阳）

春回浯溪

琼花拂面斗春妍，步近楼台断复连。
三面浮峰云卷雪，一泓飞瀑雾生烟。
空余碑刻残痕迹，难断巉崖锦绣篇。
阵阵松风吹座像，晚霞红到曲桥边。

夏享浯溪

中兴崖下锦帆风，夏日浯溪水滟濛。
岚过香桥梅叶绿，裙飘斜道石榴红。
百年棋向松间老，几曲琴从亭下工。
步履柳堤林荫处，长河晴旭正融融。

冬吟浯溪

几丝凝露隐林隈，又见寒梅破蕊开。
谁遣三山圆梦境，独发一赋到峿台。
元颜点墨中兴志，石镜残痕壮士怀。
欲伴新亭吟旧句，渡香桥上捧诗裁。

蒋德芝（祁阳）

春游浯溪

和煦春风拂面来，朝霞飞彩映峿台。
香花桥畔花枝舞，崖石河边石镜开。
元结奇文昭日月，真卿铁笔扫尘埃。
碑林畅颂三吾景，我也吟哦献拙才。

浯溪览胜

碑林览胜上山坡，喜爱浯溪有赞歌。
元结悬崖留颂语，真卿彩笔缀山河。
凉亭高耸亭常艳，石镜永存镜未磨。
湘水长流川不息，清幽风雅旅人多。

谢强安（长沙）

春访浯溪

拂面桃红接李黄，轻车如矢过祁阳。
黍苗初绽清明水，垅菜新抽谷雨芒。
唐颂三看犹眷眷，陶诗独吊总惶惶。
高风自应垂千古，莫向江南赋国殇。

李珠平(绥宁)

夏访浯溪

炎炎烈日到浯溪,汗渍斑斑见旧题。

迁客得石如醉酒,峿台照水似燃犀。

风吹雨打文章尽,雾掩云遮草木齐。

天下摩崖随处有,称兄道弟使人迷。

何象贤(衡南)

随诗会同仁雨中游浯溪(二首)

霏霏漠漠浥香尘,漫步溪山景色新。

翠竹风前摇凤尾,苍松雨后湿龙鳞。

离巢鸟仔呼尤急,拨浪鱼儿出更频。

诗海碑林迷远客,百人伞下赏奇珍。

摩崖刻就古碑林,曲径通幽结队寻。

人到三吾探地胜,文传百代鉴天心。

沾衣欲湿山云黯,拄杖而行路草深。

雨洗亭台生翠色,好风怡对白头吟。

罗 以(衡南)

夏日游浯溪观历代石刻怀唐贤元结

又得偷闲客里行,三吾揽胜足怡情。

凉生竹径连花径,韵转溪声杂鸟声。

乐水乐山思直士,为文为道愧平生。

前贤留有芳踪在,百尺竿头攀莫停。

周厚敦（祁东）

畅游三吾

浯溪圣地镇三吾，浩荡东风草木苏。
蜿蜒湘江沙水暖，巍巍宝塔楚天舒。
真卿墨迹香无极，元结宛尊酒不枯。
几度兴修今胜昔，陶公巨像壮祁都。

咏 碑 林

骚朋联袂览碑林，刻石摩崖件件精。
元结成诗抒雅韵，真卿运笔颂中兴。
夬符入夜惩妖怪，利见临朝授国卿。
历代前贤留胜迹，三吾风水孕才人。

曹中庆（耒阳）

游浯溪感赋

浯溪崖刻纪唐兴，哪及今朝盛世真。
国业繁荣崇礼义，民营晶盛建功勋。
诗心伴日同生热，情志与时俱进新。
雅集千秋名胜地，胸生云浪起强音。

王善民（祁东）

仲秋游浯溪

大唐留得中兴颂，秀丽三吾天下闻。
岩石临亭开镜面，臼台无米治贪心。
悬崖墨宝标风韵，幽寺高僧绝宠荣。
胜地千年今尚在，游人读懂几碑文？

赵科程（祁阳）

浯溪之美

浯溪之美在诗文，碑刻摩崖字字金。

元结华章多绚丽，真卿刀笔见精神。

后人跟咏添花絮，晚辈师从贯古今。

代代相承频接力，光同日月耀乾坤。

欧启宗（衡南）

赏浯溪风光

浯溪千载美名扬，今古文明谱乐章。

三绝摩崖昭史册，陶公伟业绽芬芳。

大唐崛起先贤颂，华夏中兴现代昌。

湘水欢歌迎盛世，明珠璀璨富祁阳。

周松吾（祁阳）

浯溪虚怀亭

立崖临水景光殊，入坐漫吟人自舒。

远眺襟宽容四海，遐思心静省三吾。

江风吹散嚣官热，山雨洗湔谋爵污。

亭已无私空旷旷，虚怀堪号一清夫。

浯溪碑林

碑林横展大江边，似玉如珠天下传。

颜字吐辉日月朗，元文放采星斗欢。

镌功紫碣光前哲，锓德红岩启后贤。

我亦求天赐一石，长书华夏中兴篇。

浯溪四季吟（四首）

浯溪春色冠江南，柳暗花明分外妍。
涧水急流湘水里，碑林深匿绿林间。
姑娘拾翠过岩下，学子寻芳上石巅。
最是清明祭扫日，陶公像下集元元。

浯溪夏日俊人多，拥抱江风不放过。
亭榭纳凉消永昼，江河去暑荡轻波。
碑林里听士谈史，杨柳下闻蝉唱歌。
月落星稀近夜半，尚留情妹和情哥。

浯溪九月景更幽，伫立桥头一望收。
红叶题诗争笔下，黄花摄影抢镜头。
丰年酒醉游园客，盛世船栖戏水鸥。
俯视次山垂钓处，蟹肥季节下银钩。

浯溪盛景在冬寒，瑞雪纷飞更好看。
古树刹时成玉树，石山片刻变银山。
压弯斑竹泪难掉，点缀腊梅花倍妍。
碑下游人头早白，仍然不舍读遗篇。

周仲生（祁阳）

浯溪吟笺（六首）

浯 溪

丹枫叶落缀山川，气爽秋高带笑看。
横渡香桥闻漱玉，幽闲钓石乐鱼竿。

从来溪畔书声朗,自古江中欸乃喧。
胜境名园虽历劫,重光旧貌更欢颜。

摩 崖

中峰峻峭瞰江流,雅阁兰亭入醉眸。
傍水磨崖千世计,依山勒石万年谋。
鲁公一代龙蛇笔,水部千秋诗韵优。
翰墨三吾光日月,辉含镜石写春秋。

唐 亭

螺旋磴道上唐亭,水水山山织画屏。
溪口桥横香水渡,峰巅觞酌漱声聆。
钓台寒日夕辉艳,高阁清风暑恋情。
共话中兴今古事,神州特色笑颜盈。

注:香水即浯溪水,桥即渡香桥。

峿 台

峭壁峿台湘水环,登临四望艳阳天。
祁山苍翠连绵画,浯水清浏浓韵篇。
笑语晨曦观旭日,高歌薄暮眺归帆。
欣看车马长桥窜,盛世芬芳大有年。

宸尊夜月

星移斗转又中秋,朋侣宸尊夜月游。
壁影银光风送爽,亭台楼阁笛消愁。
高歌畅饮歌红线,吟咏倾谈咏绿畴。
久仰春陵诗韵志,风流尚在借箸谋。

峿台晴旭

拂晓峿台健步登,俄顷金焰一轮升。
家家产户迎朝旭,水水山山敛郁蒸。
远眺祁山横迭翠,近观湘水曲环清。
轻风长啸心神爽,景醉痴人盛世情。

拜谒陶铸同志铜像

少小英姿志若虹,从戎投笔万夫雄。
坚持马列惩民贼,唤醒工农缚孽龙。
渡虎永留千古颂,运筹常教九州崇。
沉冤昭雪高风远,伟绩威仪天地中。

清明陶铸铜像前祭奠

清明悼念祭浯溪,陶老像前深有思。
铁马金戈寒敌胆,雄才伟略固汤池。
松林可贵洪涛响,人品无私宽道驰。
铜像英容垂故土,千秋百姓仰风姿。

曾玉衡(长沙)

戊辰重九浯溪雅集即兴

连年风雨度重阳,此日南来雅兴长。
万里无云秋气爽,浯溪有幸墨花香。
磨崖磅礴传唐颂,胜地人文愧楚狂。
但愿年年人益寿,重临同醉菊花觞。

毛寄颖（永州）

浯溪戊辰诗会书感

鸿来燕去菊花天，聚会浯溪识众贤。
欲效兰亭添雅兴，须登高阁赋新篇。
千秋墨客石生色，一代文辉山不闲。
拔萃人才出盛世，雄心莫止步元颜。

浯溪胜境

轻车几度访浯溪，每见风光日益奇。
削壁蛟龙如摆阵，深山青鸟共争栖。
江流千里情何已，云集四方志欲飞。
点石成金果有术，摩崖昼夜耀清辉。

刘　坚（江华）

浯溪诗会书感

潇湘重九会骚人，高唱浯溪韵入云。
楼馆亭台成画境，林泉碑海尽诗声。
陶公铜像千秋仰，邓老鸿图万姓腾。
改革花开结硕果，谁挥巨笔写中兴？

瞻仰陶铸同志铜像

辞母别家奔革命，披荆斩棘辟新天。
为民为国心弥热，无畏无私志益坚。
卅载功勋昭日月，十年浩劫暗尘寰。
九泉含恨今瞑目，铜像光辉照两间。

刘振华(江华)

重九登峿台览胜

桥石留香曲径回,清阶百步上峿台。

漫山红叶三秋老,千里湘流一鉴开。

故迹自多铭镌刻,新风亦可壮诗怀。

祁山万絮纷琼翠,楼阁辉煌入眼来。

刘飘然(永州)

戊辰重九浯溪雅集喜赋

佳节浯溪盛会开,翩翩群彦四方来。

崖碑雄健千年颂,铜像清高万众怀。

流水小桥鱼跃跃,芳林曲径鸟喈喈。

秋光胜似春光好,一咏一觞真快哉!

重游浯溪

寻芳揽胜到浯溪,辟地开天又一时。

山水有灵应识我,亭台无恙更怜伊。

河桥辉映霓虹艳,风浪纹生锦绣奇。

满目琳琅诗与画,游人来往乐熙熙。

何效迅(新田)

参加祁阳重阳诗会有感

盛世诗坛集众芳,祁阳裁句度重阳。

一园寒叶秋容淡,几处疏篱晚蕊香。

白袷不前人恻恻,灵均去后意茫茫。

吟怀莫负黄花约，同寿时贤共举觞。

注：时贤指邓小平同志。

蒋传耀（东安）

浯溪碑林

神工鬼斧缀神州，沐雨披霜百世遒。
元结颂章传万代，真卿墨宝灿千秋。
读诗诵史陶人醉，攀壁寻幽豁眼眸。
华夏文明光闪闪，碑林览胜客如流。

刘文灿（衡南）

浯溪公园

风物浯溪比画胜，青山绿水绕祁城。
晨霜尽染层林醉，夕照屡镶浯水澄。
块块摩崖成宝鉴，潺潺碧水绕芳亭。
今朝有幸游佳境，不尽诗潮滚滚生。

桂兹孝（祁阳）

浯　溪　颂

湘水长流利万家，浯溪胜景誉天涯。
摩崖墨宝传环宇，铜像光辉壮岁华。
翠柏青松经暴雨，忠心赤胆耀香花。
名贤聚首山增色，观赏游人竖指夸。

毛定波(祁阳)

浯溪公园

浯溪石镜照神州,多少诗人墨客游。

元结刻文开首创,真卿书石引同侔。

欣欣绿树藏幽径,闪闪清波映彩楼。

陶铸容光增胜景,公园体态更风流。

胡道杰(祁阳)

步毛定波《浯溪公园》

浯溪石镜缀神州,今古诗人慕此游。

蝶恋鲜花无倦意,碑刊墨宝有同侔。

剪修翠柏钟灵气,诗饰悬崖伴彩楼。

更有陶翁形象在,一轮红日照江流。

蒋　瑛(宁远)

步毛定波《浯溪公园》

浯溪佳景胜瀛洲,游子还乡几度游。

文颂中兴讥帝业,石书史训激同侔。

千年古镜悬江岸,三绝奇观耀彩楼。

更有陶公垂典范,湘祁儿女竞风流。

胡本凡(零陵)

浯溪风光

浯溪胜境翠葱茏,绿树红花映太空。

浩淼湘江掀水浪,全新亭榭屹峦峰。

石碑墨气风骚绝,岩洞奇花春意浓。
凤舞龙盘真宝地,一尊铜像矗陶公。

游湘江浯溪大桥

一桥飞架畅南湘,路面栏杆旗帜扬。
俯看渔舟临石壁,仰观宝塔傲穿苍。
车奔桥上征程吉,人过栅边旅路祥。
古渡今朝风采倩,桥宽墩稳道康庄!

刘本美(祁阳)

浯溪观感(二首)

潇湘碧水接长天,碑挂悬崖镌韵篇。
满岭红枫迎墨客,千株翠柏醉涛仙。
陶公北上驱魔怪,元使南来颂帝权。
道德不同忠各主,游人肃立敬先贤。

胜景浯溪别有天,琳琅满目尽诗篇。
长桥飞渡千帆过,怪石倒悬万客瞻。
历代文词沉眼底,古今诗句落眉前。
黄花霜降增新翠,柏叶青青色更鲜。

桂来球(祁阳)

浯　溪

湘水滔滔流向东,长桥飞架北南通。
崖碑刚劲说前代,石镜晶莹照后宫。
十里松风四季绿,三吾新貌万端荣。

夜来火树银花亮,电站新修映彩虹。

颜　静(祁阳)

浯　溪

诗人营造已千秋,一代风骚万古留。
壁峭峿台悬日月,崖磨玉镜照江流。
青苔掩映饰碑美,彩蝶翩跹解客忧。
更喜渔翁水滨乐,绵绵垂柳下轻舟。

浯溪春色

南燕归檐不忆花,晴空绿漂景妍华。
裙舒绛带郊阡路,溪绕青堤雪柳芽。
草卉恭迎香吐蕊,杏帘笑望醉流霞。
闲云野鹤多游兴,梦寄烟江卧泛槎。

浯溪公园谒陶铸铜像

剑寒浩气映星空,青史名垂旷世功。
南粤旗挥强劲旅,北平舌战弱兵戎。
一鸣宗庙鹤音远,三顾衡阳鸿露融。
身世浮沉归正坐,摩崖画壁啸松风。

郑国栋(宁远)

浯　溪　吟(四首)

霄壤纷传改革声,三湘胜侣此登临。
重阳岁岁天难老,白发萧萧梦更频。

碧水有情流缓缓,黄花无语笑盈盈。
再来弥觉浯溪好,欲与诸公仔细吟。

两章词气浩纵横,贼退春陵对月明。
黎庶诛求劳远念,诗家俊哲仰高情。
长缨不苟堪称范,国步斯频耻竞名。
万古潇湘凭吊处,渔舟日夜听涛声。

欲问浯溪何所珍?地灵人杰以书鸣。
烟云竹石宁无爱,花木虫鱼亦有情。
丘壑惯看百代客,颜碑赢得千秋名。
山川奇绝龙蛇动,落笔能教风雨惊。

儒雅风流久慕陶,苍松翠柏岂寒凋。
天昏地暗挥悲泪,电闪雷鸣卷怒涛。
斯亮终于倾奠酒,中央毕竟重丰标。
巍巍遗像江边立,百拜难忘骨格高。

黄运隆(江华)

浯　溪　游

浯溪崖壑誉潇湘,三绝碑呈华夏光。
石镜常开帆影动,峿台览尽彩云扬。
荫天绿树精神爽,遍地碑林翰墨香。
元结子贞诗尚在,伟人陶铸像端庄。

文三毛(祁阳)

题浯溪碑林

故里山川处处佳,浯溪自古竞繁华。
奇观屡驻高人足,胜事常迎长者车。
百代林峦藏鸟兔,千秋石壁走龙蛇。
于今更有陶公像,屹立巍然勖勉加。

廖奇才(长沙)

游 浯 溪

波映烟笼碧玉台,巉岩摩镜对江开。
多情湘水流芳至,独秀衡山拥翠来。
讽颂奇诗辉日月,龙蛇妙手挟风雷。
先贤若恋神州路,合庆中兴一举杯。

癸酉秋游浯溪偶兴

敲诗几度到三吾,最爱风光胜画图。
石篆华章饶气概,台生嘉木尽扶疏。
元颜大颂人争仰,今古英才道岂孤?
忠直情怀承一脉,箴言何惧掷头颅。

五游浯溪

傲立江干峻石台,龙蛇竞舞翠屏开。
地因元结方名世,颂有中兴独占魁。
显宦纠纠千里至,穷儒蹀蹀五回来。
久闻善饮宓尊酒,此日飞觥愿一陪。

陶铸八十周年诞辰暨铜像落成纪念

八十家乡庆诞辰，亲朋酹酒祭忠魂。

惯经风浪鲲鹏翅，何惧樊笼鬼蜮氛。

景仰人民新铸像，欢欣禹甸早回春。

陶公霄九应无憾，当对浯溪着意吟。

李志高（祁阳）

赞　浯　溪

元文颜字亮浯溪，代有才人步后题。

宝镜闪光揭暧昧，奇书夬字斩妖肢。

碑林崖峭精还巧，石刻华章颂亦讥。

领略风光须静俟，渡香桥上月明时。

再游浯溪

峭石嶙峋夹小溪，唐诗宋字矗丰碑。

古香古色心沉醉，鲜草鲜花性自怡。

江面横桥添异彩，馆中塑像闪光辉。

重来石镜台前照，衣履翻新鬓已衰。

蒋先觉（祁阳）

赞　浯　溪

久已闻名众所知，依山傍水古浯溪。

奇花异草岩头见，妙笔琼篇壁上遗。

滚滚湘江流大海，芊芊学子遍华夷。

游人到此心陶醉，赞我祁阳笑展眉。

范千乘（长沙）

重游浯溪

石怪山奇胜迹稠，卅年过后又来游。
纵罹劫数经风雨，难遏文光射斗牛。
觅碣寻碑殊豁目，转身举步屡回头。
临台俯视湘江碧，更仰陶公好韵流。

李　雅（郴州）

重游浯溪

朗朗碑林历久鲜，元颜赋韵古今延。
唐人业绩中兴颂，贵妃悲歌辩释篇。
社稷皇权仪轨弃，丹墀女色怨缠绵。
山谷立论黎民仰，外域诗家格调虔。

张先明（祁阳）

重游浯溪

梓里浯溪二度游，偕妻奉母值深秋。
半山霜叶红如火，几处麦苗绿似油。
观赏碑林思墨客，憩亭无语听江流。
陶公铜像人钦仰，伟绩丰功万代留。

雷昆源（祁阳）

重游浯溪

最是浯溪游不厌，惹人留步过亭前。
江供艳色轻双电，叶献清音胜五弦。

元结文章醒贵俗，真卿字迹伴云烟。

碑林怪石摩崖镜，照得千奇返自然。

注：双电，指电影、电视。

陶铸铜像揭幕

万古祁阳一伟人，谁怜白发慰黄昏？

冬深水落河床现，人拥天寒热气生。

黑日未曾将命短，红墙孰料化冤魂。

是非功过谁来定，泪泛湘江留水痕。

刘安然（祁阳）

重游浯溪

故地重游引兴长，千秋瑰宝泛崇光。

熠熠碑林留胜迹，耿耿将军气昂扬。

石镜生辉光宇宙，摩崖壁立接穹苍。

登高远眺奇观景，锦绣河山万古芳。

朱绍濂（永州）

重游浯溪

浯溪一别几经秋，盛世明时访旧游。

满眼荒凉成往事，万般壮阔展新猷。

峰台苍老横秋气，江水澄清送远舟。

再见中兴千古颂，碑林犹比昔年稠。

张　宾（祁阳）

重游浯溪

胜地重来花笑红，欣然又觅旧游踪。

碑传二圣中兴颂，水绕三吾曲境通。

夏木阴阴笼瑞气，险峰嶒嶒起罡风。

摩挲石刻千秋梦，每俯江流慷慨同。

李孟光（祁阳）

浯溪三韵

浯溪春韵

一江初汛满江流，雨后浯溪半面羞。

雾绕峦巅呈黛色，波平水涨没沙洲。

屏开石镜宫娥影，潭映云裳浅底悠。

两岸黄花舒媚眼，阳春唤我画中游。

浯溪秋韵

一场秋汛暑消停，经雨浯溪似画屏。

百里晴川烟霭霭，满城诗韵影娉娉。

物流秦楚三湘客，车过零祁一路星。

洒落沿江银汉灿，水天空阔碧青青。

浯溪冬韵

大地融融晨雾开，登亭过水上峿台。

祁峰隐隐浮云过，天马腾腾载日来。

百尺摩崖千古颂，一溪流曲九回怀。

红旗继启中兴业，南海骑鲸扫雾埃。

谒陶铸同志浯溪诗墙

拜读诗墙感万千，人生如梦事如烟。

文韬武略擎天地，风吼雷鸣驱马前。

赈灾粮藤援故里，济民水火度荒年。

寒星早陨晴空霹，桑梓乡情恸泪泉。

尹　辉（祁东）

浯溪赏雪

醉搅乾坤缓步移，冬游胜地正逢时。

嗖嗖羊角敲琼阁，曼曼鹅毛裹玉枝。

浯水收弦歌掩咽，石碑挺腹字神奇。

莫嫌白絮无文采，洒向江天都是诗。

文建虎（祁阳）

咏　浯　溪

繁花竞放好春天，旧地重游忆昔年。

元结吟哦怜白屋，鲁公翰墨仰高贤。

摩崖三绝名园碣，镜石千秋故里仙。

生态回归今日喜，浯溪漱玉又飞泉。

周拥军（桑植）

咏　浯　溪

寻幽云坞向湘南，山水清音自晓谙。

但系扁舟依古壁，并随横笛入烟岚。

平原文字寻常见，鲁直情怀或可参。

安得一溪人尽醉，将承风物已沉酣。

何敦渭（祁东）

咏 浯 溪

天南胜景数浯溪，鸟语花香斯最奇。
湘水泱泱翻巨浪，陶诗首首冠双祁。
唐朝元结茅庐住，历代名家翰墨遗。
更有三吾扬四海，游人陶醉不思归。

陈精华（祁阳）

咏 浯 溪

潇湘风物数浯溪，曲径通幽石刻奇。
宋树千年犹挺劲，唐碑百代渐依稀。
宛尊化酒三更后，夬卦驱妖夜半时。
沐浴晨晖收钓网，渔翁满脸笑嘻嘻。

管毓熊（祁阳）

颂 浯 溪

浯溪高矗显峿台，赫赫碑林点翠苔。
水美崖危呈异彩，地灵人杰涌贤才。
雄观亭阁腾空耸，浩荡潇湘鼓浪来。
元子茅庐遗迹在，陶公铜像笑容开。

游 浯 溪

泱泱浯水映祁山，气壮三吾非等闲。

四化宏图光伟业，千秋旧貌换新颜。

十年浩劫同时转，一代风流另眼看。

唐宋元明清五纪，有谁只手挽狂澜？

重游浯溪

浯溪风水接祁山，山水清幽心自闲。

景仰先贤留古迹，静观宝石焕真颜。

天连两广源头远，浪下三湘极目看。

借重陶公增大雅，千秋胜地涌文澜。

许国珩（贵阳）

赞　浯　溪

祁阳城外有浯溪，水秀山明景色奇。

佳木葱茏栖白鹭，乔松挺拔啭黄鹂。

摩崖苍劲龙蛇走，石镜晶莹日月移。

最是令人陶醉处，峿台之上赏晨曦。

伍仲仁（祁阳）

浯溪怀古

江上巉岩岁月痕，落霞照处望碑林。

摩崖三绝千秋鉴，玉篆金文万古吟。

镜石含晖察照胆，柳符驱鬼镇妖魂。

寰瀛宦海浮苍犬，退隐浯溪欸乃闻。

邓俊峰（祁阳）

浯溪风景区感赋

祁山搂抱构三关，锦绣浯溪势未闲。

摩镜映江鱼水跃，碑林镀板字虫攀。

四方阁长红枫树，八角亭缘青石山。

游子乘风舒雅兴，潇湘流韵宋唐颜。

王赓民（祁阳）

浯溪公园

溪流汨汨画图开，胜境三吾引凤来。

元子奇文荣勒石，清臣劲笔耀镌台。

摩崖溢彩传千古，翰墨飘香漫九垓。

更喜剑寒铜像立，祁城增色喜盈腮。

李宴民（东安）

浯溪公园

轻车薄雾下祁阳，霜染层林菊正黄。

湘水东流成浩渺，祁山北望是苍茫。

摩崖三绝中兴颂，石刻千方遗墨香。

人世兴亡千古事，碑林无语证沧桑。

刘大松（祁阳）

浯溪公园

天宫遗落一盆景，奇巧浯溪四海闻。

元结雄文青史载，真卿墨宝石崖存。

导游讲解古碑绝,美女穿梭新照神。

最是孩童开口笑,穿亭钻洞绕岩奔。

盛树森(衡阳)

浯溪采风(二首)

碑刻诗文忆故贤,造时衍势越千年。

中兴每说大唐颂,典范常谈老铸篇。

感慨由来思往昔,忧怀未必诉当前。

潇湘夜雨浯溪浪,一派清流入海天。

水涨浯溪两岸平,清风传语听虫鸣。

参明奥妙非轻易,彻悟疑难是老成。

趣味横生黄县尹,文辞大雅李时英。

抛书倦客开生面,令我惭颜吃一惊。

注:老铸,即陶铸。黄县尹,即黄承先同志,原祁阳县委副书记,作者老同事。李时英,祁阳人,原衡阳市志办离休干部,著有长篇历史小说《苏东坡》。抛书倦客,著名中年诗人伍锡学自号,微型小说词首创者。

方　向(祁阳)

今日浯溪

灿烂明珠湘水边,楼台亭阁换新颜。

成荫嘉木行行翠,映日繁花季季鲜。

历代碑林驰域外,当朝铜像壮山川。

吾侪于此曾樵牧,今日高歌颂圣贤。

胡策雄（祁东）

戊辰重九登峿台即席赋此（二首）

关河旦旦励成谋，且释征鞍换酒筹。
作赋敢追河上吏，登高应胜汉中秋。
尘中词调惭黄鹄，座上江都幸白头。
吹雁北风何处是？文章终古护金瓯。

卅载游踪纪大千，人间人月喜双圆。
秋风吹帽今非昔，黝壁腾江我欲仙。
百岁几回诗酒画？三才非复地人天。
潮生潮落多新意，雏凤声声好着鞭。

再登峿台（四首）

翩翩犹记旧时吾，倚马灵山荐大虚。
鬓角丝垂惊梦远，林梢壁峭立天孤。
苔凝镜石今犹是，水渍唐碑字欲无。
不尽苍茫回落处，渡香桥上月疏疏。

飞上蓬莱我亦仙，风高寥廓一翩然。
平林点点澄潭雨，堤柳霏霏隔浦烟。
尘事几番棋局幻，波光万顷玉壶天。
十年未解其中劫，赢得霜毛识佞贤。

摩崖高挂碧云空，一洗尘嚣万象雄。
半世襦袍寻旧迹，十年铁砚付孤篷。
但期霜露人常健，且喜家邦道不穷。

厄酒好携浯上醉,世途新变又千重。

山川不尽登临意,散木当年乃逐臣。
雾拥江城千嶂远,日高寥廓一帆轻。
熏风解愠闻天马,海雨迎潮吼石鲸。
敢借鲁公崖上笔,细研新墨写中兴。

访 唐 碑

苔凝人迹水汤汤,几树寒蝉竞夕阳。
扣马可曾情悯悦,洗儿端的可荒唐。
秋风岁岁今犹是,尘态漓漓实可伤。
却想老臣崖上笔,颂功深处足文章。

高求志(上海)

浯溪八景步杜甫秋兴韵(八首)

浯溪漱玉

清湘澈底映寒林,怪石嶙峋触处森。
水色泠泠光漱玉,山痕浅浅月垂阴。
退能独有三吾地,进亦相忘万众心。
坐久浮云思邃古,翔鱼嘤鸟隐村砧。

镜石含晖

潭影江风绝壁斜,米家画舫擅瑶华。
祁山秀木三春景,湘水灵波八月槎。
此石骊泉曾玉镜,当年凤阙亦清笳。
烟岚浩淼嗟川逝,莫比斑枝赚泪花。

唐亭六厌

湘波日月澹融晖,亭榭磨崖坐隐微。
方暑霜朝人不厌,水声松吹鸟争飞。
风清未觉山形远,石迥翻知俗事违。
茅土功名纷过客,忘情漫浪遁身肥。

磨崖三绝

遥揖神州十万山,上皇奔狩蜀秦间。
龙楼北斗终难改,鳄浪南溟迥未关。
灞上城池推郭李,天中碑版仰元颜。
今朝百拜磨崖下,三绝堂高续马班。

峿台晴旭

百丈悬崖造化功,独磨碑海炳寰中。
大唐社稷犹晴旭,小宋才情自快风。
吕剑柳符凝血紫,元诗湘酒酽颜红。
山巅海畔供临眺,辜负浯溪旧钓翁。

寎尊夜月

绝壁寎尊世似棋,春江秋月总堪悲。
酒妖故事传遗迹,漫曳雄文纪盛时。
太白熊罴争俯仰,玄黄龙马倦栖迟。
中兴大业文章在,泛泛苍波惹绮思。

香桥野色

十里平湖觅渡头,浯溪清浅逝春秋。

老仙月夜聆天籁,漫叟霜朝起古愁。
兰芷美人悲怪鹏,松篁野客慕闲鸥。
千年谁复延唐脉,百辈如公措九州。

书院秋声

璧水清莹岸逦迤,田园秋老认荒陂。
登临陈迹芝兰佩,瞻眺名区琼玉枝。
鱼鸟忘机山客过,熊罴入梦斗星移。
琤瑽遥忆书声朗,叵奈苍然暮色垂。

读元结传感怀

逆胡电扫自鸡虫,崛起行间岂羡功。
浯水千秋流日月,磨崖百丈仰英雄。
孔门无隐二三子,结辈还须十数公。
海晏河清终有待,石鱼湖上醉秋风。

伍锡学(祁阳)

拜读《大唐中兴颂》碑

元子鲁公眉眼横,忍看妖孽陷神京。
投身烽火率民众,联手城池抗贼兵。
忠义塞天歌大业,真诚贯日写中兴。
期望瑞庆袄灾尽,刊此鸿文寰宇惊。

戊辰早春泛舟游浯溪

湘江瑟瑟雨濛濛,柔橹轻摇碧浪中。

百丈摩崖千鸟立,万条青葛一花红。
宓尊长映隋唐月,镜石犹存忠烈风。
今日园林添胜境,巍巍铜像铸陶公。

戊辰九日峿台登高

重阳佳节上峿台,阵阵金风扑面来。
祁岭蜿蜒奔骏马,湘江浩荡泻琼瑰。
南天碑刻明珠地,楚国诗词隽永才。
且对黄花开口笑,今人不使后人哀。

涷雨初晴到浯溪

普淋涷雨一星期,好趁初晴散闷思。
江漫亭台涵幻境,舟临崖石洗丰碑。
百年难遇大洪水,万户真成泽国麛。
最是元颜昂首立,风狂浪浊不低眉。

注:元颜,指浯溪渡香桥畔元结、颜真卿塑像。

浯溪公园宋樟

宝篆亭旁有宋樟,九枝蓊郁耸穹苍。
日摇花影吐莺语,夜渡虹桥伴桂香。
时见摩崖添杰作,喜听雅士念华章。
爱碑心切痴情甚,抱石入怀陈画廊。

浯溪公园空心樟

钻进树心朝上爬,喜能伸手出桠杈。
妖精作祟瘅疠灌,通判画符雷电加。

主干内空腥气净,旁枝重茂绿阴华。

护樟故事传千古,激励人们斗恶邪。

注:通判,指北宋熙宁年间永州通判柳应辰。

桂多荪(祁阳)

浯溪摩崖三绝

摩崖百尺画屏生,上有华星千古明。

健笔回天太师腕,雄文揭日判官情。

碑因石洁倾城价,地以人传薄海名。

三绝只因天下少,浯溪争得不蜚声!

剑寒同志八十冥诞铜像揭幕

南天一柱忆将军,天下何人不识君。

驰骋淞辽顽敌恐,绸缪桂粤万民春。

狂澜未挽身先没,冥诞恭酬志已申。

"心底无私"谁继起?千秋铜像问来人!

邓荣贵(祁阳)

读浯溪摩崖石刻

刮苔薙草读摩崖,对话前贤意兴赊。

聱叟铭铭严且丽,鲁公字字正而葩。

摩挲断碣悲兴废,觅访残垣恋物华。

一代风流俱往矣,笑看后秀渤清嘉。

任羽皋（双牌）

读《大唐中兴颂》

浯溪碑刻誉湘中，鲁国书名历代称。

元结文章含讽寓，易安诗句刺蝇营。

红颜替罪悬梁死，腹剑专权受荫封。

百丈摩崖增感慨，官风整治警钟鸣。

谒陶铸铜像

陶铸铜身翠柏中，浯溪岸畔杜鹃红。

身经百战兴华夏，足涉千村为脱穷。

弹雨沙场酬壮志，腥风内乱害精忠。

喜看四海欣荣旺，烈士黄泉着笑容。

石　文（祁阳）

读浯溪《大唐中兴颂》碑

巨石齐云耸水湄，护碑亭里立多时。

若无天子迷妃子，哪有健儿征禄儿？

赫赫功勋如闪电，煌煌文采夺璇玑。

崖边另辟磨镌处，好勒中兴第四碑。

春游浯溪

好是春游三月初，柳丝花片袭人裾。

红亭绿树啼黄鸟，碧浪墨鸦叉白鱼。

骚客名碑皆国宝，溪声奇石属吾徒。

风斜雨急难移步，撑伞崖前学隶书。

夏游浯溪

峭壁高悬烈日红，也来胜地觅游踪。

才看圣寿万年大，又享唐亭六厌风。

意不在鱼垂钓叟，身轻如燕跳岩童。

难忘双脚穿木屐，苦在河边常用功。

秋游浯溪

秋色运风摇大材，朝霞撒彩染峿台。

画眉常伴溪流唱，野菊闲依碑石开。

形胜江南推此地，诗词天下属吾侪。

莫嗟寂寞清贫伴，任凭鸥枭鸾凤猜。

冬日陪刘飘然先生重游浯溪

追随杖履到浯溪，正是天寒雪紧时。

境辟三吾今属我，亭含六厌久怜伊。

银菇朵朵栽崖壁，玉镜方方镶石碑。

莫道风光早谙熟，重游依旧乐熙熙。

黄建华（祁阳）

浯溪写意

山光浪色任君游，鹊起声名数度秋。

奇壁浮苍临水府，悠江凝碧吻亭楼。

千姿文墨风流萃，万变嶙岩鬼斧愁。

怀古登高飞望眼，犹瞻漫叟在桥头。

峿台偶感

湘水汤汤过翠岑，崖前涨落奏瑶琴。
功名如土随波去，富贵犹沙伴浪沉。
唯有青山能永踞，何来爵禄总常临。
沧桑阅尽终参透，人在红尘淡定心。

读中兴碑有感

元文颜墨世称奇，读罢唐碑万感滋。
城下兵襄奢是祸，马嵬艳乱腐侵基。
皇权覆灭秋风叶，社稷中兴夏雨池。
明月悠悠青史在，前情谨记后朝师。

石　镜

嵌崖倚翠对江开，流水行云入镜来
光亮遥观唐殿侈，晖芒近报草民哀。
冷嘘魑魅成污土，热显忠廉上颂台。
岁月多情留此物，莫容鉴面着尘苔。

朱夏生(祁阳)

石　镜

三吾石镜聚莹光，立在摩崖向八荒。
入影玄宗风韵事，窥探贵妃浴梳妆。
人妖黑白明真伪，美丑忠奸识恶良。
时过境迁承旧史，依然如故照潇湘。

摩崖三绝

浯溪篆刻满琳琅,更有摩崖纪大唐。
逆贼逼皇逃莽野,肃宗继位克安阳。
奇文墨宝千秋在,绝楷书丹万代藏。
以古为尊留石镜,一碑遗迹世传扬。

向孙萱(黔阳)

登 峿 台

峿台远眺水环山,烟笼寒山画轴般。
刚见渔舟台下过,又闻雀鸟树梢喧。
古亭端秀林筠茂,碑刻参差野草鲜。
小径曲幽多雅境,漫山遍野尽诗篇。

浯溪览三绝碑

中峰叠翠誉潇湘,峭绝摩崖耸水旁。
元结篇章真雅颂,颜卿翰墨确端庄。
中兴碑刻豪光闪,胜境三吾岁月长。
盛世昌明增感慨,清廉吏治应思量。

王文治(祁阳)

登 峿 台

东风浩荡上峿台,滚滚心潮逐浪开。
袅袅白云江北逝,滔滔碧水岭南来。
唐碑精篆两君事,宝塔难封万卷崖。
天马奋蹄丸五岳,神州处处有祁才。

刘建儒(祁阳)

冬登峿台

雪垒峿台景未隳,亭栏沿下是崖危。

俯身江面寒流激,抬眼黄云白絮飞。

千树雾凇勾幻梦,几枝梅朵谄唐碑。

须知冷酷驻期短,君子候春意莫悲。

陈华琳(祁阳)

峿台典趣

访胜寻幽路几盘,登峰造极近云天。

洞宾三剑劈崖裂,妖贼一跤坐石穿。

亭阁依然怀故友,酒窝不改缅前贤。

人文轶事多奇趣,半日悠游半日仙。

唐亭怡趣

悬崖绝顶一唐亭,阅尽人间衰与兴。

碧水滔滔脚下过,白帆点点画中行。

碑林尽是神州宝,翰墨均为华夏魂。

莫道桂林山水美,明珠闪烁嵌祁城。

浯溪情趣

双龙竞跃出桥头,相互戏珠久不休。

耳听黄莺鸣翠柳,眼观白练绕青洲。

岸旁渔父戏金鲤,园内游人登画楼。

谁把瑶池移到此,无须美酒自消愁。

赞浯溪公园管理处主任杨仕衡

我赞衡公非等闲,浓情重彩绘浯园。

为求史料日无息,筹措护碑夜不眠。

冒险登崖寻旧迹,忘餐伏案谱新篇。

辛勤获取丰收果,移得桂林到此间。

杨用擎(长沙)

浯 溪 游

四十年前忆旧游,莘莘学子乐无忧。

风飘酒幌招人醉,字拓崖碑顾我留。

松竹葱茏蒙雨露,江山指点傲公侯。

人间几度沧桑变,劫后重来话白头。

登峿台有感

邀游寻胜兴何赊?登上峿台感物华。

浪遂飞舟歌欸乃,风来啼鸟恨胡笳。

修篁毓翠开新径,石镜摩光烁彩霞。

劫后归来多白发,除妖话到吕仙家。

注:1944年祁阳沦陷,日寇在此设有哨所,时闻号声。

秦家增(双牌)

唐亭六厌

浯溪揽胜憩唐亭,试品元公六厌情。

水映青山舒画卷,松吹碧浪响涛声。

霜朝丽日读名颂,暑夜清风调玉筝。

画海诗山文宝库,潇湘首景不虚名。

段南山(祁阳)

浯溪漱玉

水源何处任潺潺,曲折幽奇漱玉时。
澄澈涟漪堪捉句,萦回荡漾好吟诗。
春期潮汛千般态,秋日天高万种姿。
伫立桥头潇湘客,潺潺琴韵佐填词。

峿台晴旭

百尺摩崖长绿苔,果然造化汇峿台。
晴空万里烟云杳,旭日东升紫气来。
放眼始知天地阔,修身不让俗尘埋。
达观人是风流客,咏月飞觞笑举杯。

庼亭六厌

沧海桑田万里新,庼亭六厌寄幽情。
远山含黛晴川碧,流水萦回旭日升。
松雨潇潇堪捉句,清风习习好题吟。
几回我欲翱翔去,啸傲乾坤脱俗尘。

悼 石 镜

娲皇炼石补苍天,暂假尘寰作镜悬。
皎皎秋蟾频借鉴,清清流水照媸妍。
骚人每叩多题咏,粉黛登临动客怜。
何处狂徒施毒手,遂教丽质失神传。

香桥野色

渡香桥畔彩霞飞,袅袅炊烟绕翠微。
仰视村前瓜豆熟,纵观垅亩稻粱肥。
晨曦乍露芙蓉面,薄雾欣开衣带帷。
万象如斯竞娇艳,无边原野浴朝晖。

蒋　炼(祁阳)

秋日虚怀阁即景

虚怀极目楚天宽,风物宜人心豁然。
万里田园如绘画,一泓江水似拖蓝。
逶迤太白霞光染,浩渺湘漓紫气翻。
待到城关灯火亮,星光闪耀竞斑斓。

树立陶铸铜像赋感

盛道浯溪行大典,城乡谁不忆棠阴?
改天换地忘生死,斗恶蒙冤泣鬼神。
幸有名篇昭后世,常怀厚德恤黎民。
仪型永与江山寿,浩气长存日月新。

蒋大业(双牌)

寎尊夜月

元结会友聚峿亭,围坐寎尊喜气盈。
晴夜能观明月上,凌晨可望日东升。
清风沐面精神爽,美酒盈杯香气腾。
畅饮不知人自醉,泉声鸟语共相迎。

谒陶铸同志铜像

绿水青山风景良，陶公安坐貌堂皇。

杀身取义开新宇，舍命成仁鏖战忙。

日寇枪林危不顾，蒋帮弹雨险常忘。

和平年代遭冤害，四害横行谁可降？

佚 名

宓 尊

闻道湘君酿玉醇，春风送我到江滨。

峿台晴旭犹可见，宓尊夜月无处寻。

三绝堂前叩石镜，渡香桥下问溪声。

待到三吾浏览尽，方知盗宝是妖精。

蒋军兆（东安）

元结爱石

结庐荒野伴溪流，避世情怀与石谋。

星斗文章镌铁笔，摩崖砻琢泣春秋。

独尊唐颂巍巍立，三绝铭文字字遒。

谁倒容樽邀共饮，漫郎佳话古今留。

蒋崇炳（双牌）

咏浯溪宋樟抱石

千年古树抱石生，道是无情却有情。

树化碧龙神奕奕，石如雏凤意卿卿。

枝栖莺鸟歌逑侣，缝寄螟蝉噪幼蛉。

历尽沧桑春不老，世人怎可等闲评。

彭吟轩（湘阴）

浯溪怀古

水色山光拥石矶，轻轺载我访浯溪。
摩崖史笔铭三颂，古国丹心证百碑。
一架新桥添秀丽，半城华屋竞光辉。
元公仁爱鲁公直，千载长为后世师。

杨建平（永州）

浯溪怀古

峿台千丈傲风云，字刻摩崖迹未陈。
万里蓬帆迁客泪，一身铮骨伟人身。
岂能舍本谈兴废，不为偷生作屈伸。
江水时时东逝矣，只留明鉴照今人。

周明礼（祁阳）

浯溪览胜

都道浯溪水溢香，清流朗朗汇潇湘。
大唐颂刻摩崖美，华夏妖除国运昌。
漫叟箴言铭史册，陶公达德耀心房。
登高望远乾坤在，霞蔚云蒸拥太阳。

朱五福（祁阳）

浯溪览胜

三吾胜境志神州，历代名人碑刻留。
溪水潺潺琴瑟奏，湘江浩浩艇舟游。

雄台极目九天外,石镜回光万象收。
大好河山资俊杰,英豪创业谱春秋。

汪竹柏(永州)

浯溪胜境

次山守制到浯溪,一颂三铭举世奇。
石匠书家同献艺,文章历史共安栖。
几朝名士争寻胜,百处苍崖尽载诗。
绿树庇荫清水映,碑林如画世间稀。

周成义(祁东)

三吾览胜

胜景浯溪湘水边,碧波荡漾翠微烟。
次山陋室琴棋画,陶铸豪情智勇廉。
珠引双龙招雅士,桥连两岸涌财源。
碑林缀绿长河史,四面松风暖此间。

读中兴颂碑

盛世大唐诗史传,人称三绝可空前。
激昂慷慨评安乱,正大光明辨佞贤。
艳艳文姿龙衬凤,铮铮字体棍迎鞭。
从来书法家千万,尤道真卿得月先。

唐福成(永州)

浯溪碑林览胜怀古(二首)

摩崖绿树映江天,水秀石奇花更妍。

骚客碑铭留胜迹，英雄业绩壮山川。
苏颜米魏挥毫美，草篆金文异体全。
最是大唐中兴颂，年移代革久流传。

真意须从题外看，劫灰千里望长安。
谪居随处浯溪水，归隐何方元氏山？
暂借中兴励己志，还将文颂悦君颜。
同朝子厚刘宾客，旷世奇才返也难。

罗功明（零陵）

览胜浯溪碑林

浯溪览胜赏碑林，天下闻名千古珍。
书画诗词增丽景，明清元宋颂奇文。
摩崖石刻山河灿，碧水山青物貌新。
诗友同游扬逸韵，江南胜景壮乾坤。

游浯溪瞻仰陶铸铜像

秀丽浯溪潭水深，湘人谁不敬忠臣。
出生入死谋民利，北战南征铸业勋。
松树名篇迪后辈，浑身正气镇阎君。
仪容屹立江山秀，不朽精神万代存。

彭晓初（祁阳）

浯溪随笔

浯溪览胜非凡过，石刻碑文第一关。
吞水含山呈浩气，钟灵毓秀壮奇观。
摩岩三绝石文字，至圣两家颜与元。

往哲时贤虽邈渺，声名翰墨万斯年。

黄　森（道县）

浯溪抒情

尘世几多三绝花，一枝独秀放摩崖。
龙飞凤舞描奇景，鬼斧神工绽异葩。
湘水有情留孤鹭，龙山无意戏流沙。
云台印迹仙何在，无限情思伴落霞。

郑绍濂（祁阳）

还乡车过浯溪

久废登临不计年，重来处处觉新鲜。
长桥飞架连衡柳，大浪喧腾接海天。
落日镕金红半壁，春风吹野绿层巅。
山妻也解文章事，为拭残碑一惘然。

谢廖奇才副专员约九日游浯溪

郡使由来诗兴豪，衙斋爱咏竹萧萧。
登高面约西山叟，望远心翻南海潮。
不问仙源学子骥，但求真理拜公陶。
碑林过往浮沉客，谁个堪称百代娇。

唐　霁（永州）

情寄浯溪

菊酒重阳孰姓陶？潇湘诗侣竞挥毫。

情缘楚些忧思重，辞压唐碑意气高。

前哲难忘松树格，他乡遥奠桂花醪。

何当一洒苍生泪，共向秋风赋大招。

朱力力（深圳）

春　望

高原春意悦人迟，一夜东风绿树枝。

碧草半堤云相伴，红桃几树雀先知。

峿台遥念飞花处，溪水正当漱玉时。

最是清风摇杏露，双双紫燕戏游丝。

唐际绍（祁阳）

浯溪望月

伫立浯溪望月吟，感怀月亮舜尧心。

清辉普照人间世，高位能容宇内辰。

彻夜奔波勤敬业，齐天功德不留痕。

近人江月开颜道：我与祁阳是至亲。

瞻仰陶铸铜像有感

三十年前归故里，森森翠柏伴金身。

常思国运眉头蹙，每利民生脸上春。

肩膀宽舒担大义，目光深邃鉴初心。

祁阳弟子皆陶粉，莫使铜雕染俗尘。

注：陶粉，借用网络语言，是指学习陶铸、崇拜陶铸的人们。

彭肇国(黑龙江)

忆 浯 溪

湘南胜境数浯溪,碧水青山孰与齐?
幽静直疑城市远,峥嵘常觉昊天低。
漫郎营宅思终老,陶铸回乡觅旧题。
三绝碑铭千古宝,北疆遥望倍痴迷。

林梦非(长沙)

谒陶铸同志像

辅匡早立拯民志,马列旗擎振国光。
勇烈坚贞崇亮节,宏才睿智拜文章。
三年铁槛尝薪胆,十载人灾亏折藏。
奋斗一生心骨碎,忠魂应共九天长。

万　迁(长沙)

拜谒陶铸铜像

岭南塞北早知名,政绩斐然诗亦清。
万树甘棠荣故国,一朝冤狱震天京。
沉吟有念关时局,昂首无私注远程。
像共浯溪碑永在,重阳酹酒拜先生。

钟茂林(中国台湾)

瞻仰陶铸铜像

绝世英才典范留,春风笑靥好风流。
崇高风格千人仰,坦荡心怀百世讴。
一道甘泉香岛引,万年伟业呕心谋。

浩然正气充天地,高耸云霄定远侯。

龚朝阳(祁阳)

瞻仰陶铸铜像

陶公铜像矗云天,伟绩丰功万口传。

铁骨铮铮宣马列,丹心切切建山川。

东风诗句浯溪水,松树宏文天下篇。

黑犬南京悬命线,合肥受害窦娥冤。

李昭和(祁阳)

瞻仰浯溪陶铸铜像

旷代英才竟不留,巍然塑像伴名流。

铮铮铁骨昭千古,荡荡襟怀御百愁。

坐看游人多恣态,想来内腑蕴新谋。

我荫浩气衷肠热,一瓣心香敬未休。

谢　琦(祁东)

浯溪公园瞻仰陶铸铜像有感

陶公铜像立浯溪,威武庄严大众迷。

久战沙场除腐恶,长挥妙笔赞神奇。

移风易俗山乡暖,改土归民百姓期。

瞻仰遗容思往事,功勋卓著普天知。

清明节谒陶铸铜像

清明佳节访浯溪,晋谒陶公寄感思。

铁马金戈寒敌胆，文韬武略固汤池。

呕心沥血倡操守，治国安邦树业基。

铜像英容垂故土，江南父老仰雄姿。

刘世民（长沙）

暮秋游浯溪谒陶铸铜像

静坐葱茏翠柏间，英灵浩气逼云端。

悠悠湘水黎元泪，淡淡青山石镜寒。

松树高风操劲节，枯葵苦意忍霜残。

辉煌岁月从头起，不负先贤一寸丹。

石远德（衡阳）

瞻仰陶铸铜像

铮铮伟像立浯园，虹贯山川气浩然。

松树迎风情操美，梅花斗雪品行妍。

桥横湘水连通道，浪拍悬岩孕后贤。

更喜中兴新面貌，完成大业有人传。

王先银（祁阳）

瞻仰陶铸铜像

日照浯溪万木荣，游人肃穆拜忠贞。

十年浩劫天愁怨，一旦蒙冤地恨鸣。

《松树》华章扬党性，《太阳》述说体民情。

丹心点点勤为政，功业千秋付史评。

邹倬云（祁东）

浯溪公园谒陶铸铜像感赋

《光辉》《风格》复《情操》，三册鸿文喻自标。
劫狱厦门寒敌胆，挥师粤桂剿魔妖。
华南图治创宏业，天阙荣迁卷怒涛。
备受折磨含恨死，仰瞻铜像涌心潮。

谭雪纯（衡山）

谒陶铸铜像

叱咤风云一代雄，安邦治国树丰功。
白山黑水缚鹏翼，粤海湘江绘彩虹。
铁骨铮铮对鬼蜮，丹心耿耿向工农。
无私无畏胸怀广，含笑昂然仰太空。

戴中凡（祁阳）

瞻仰陶铸铜像

南征北战著奇功，武略文韬具掌中。
勤政爱民身欲瘁，运筹克敌气如虹。
关怀桑梓心弥切，教育青年情更浓。
心底无私天地阔，浯溪有幸立苍松。

陈松青（祁东）

晋谒陶铸铜像

魁梧雄伟脱凡尘，铁骨钢筋百炼成。
心底无私昭日月，恩曾济众淡名声。

天昏地暗形无异，雨打风吹胆不惊。
叶落归根一豪杰，精神不朽世齐荣。

周祖惕（零陵）

浯溪公园瞻仰陶铸铜像感赋（二首）

陶土烧成千色瓦，铸金炼就一洪钟。
恩施广厦遮风雨，声播中原起聩聋。
松树精神随马齿，石头骨格藐牛蜗。
丹心碧血惊神鬼，浩气长留天地中。

身在明时遭弃置，含冤晚景叹凄凉。
衣冠空带忠良泪，勋业争同日月光。
蒙垢枯葵犹向日，流芳遗像喜还乡。
名园烈士垂千古，湘水泱泱吊国殇。

邓志朝（永州）

瞻仰陶铸铜像

忠心义胆千秋赞，战士精神学者魂。
骋马疆场扬剑气，握权军政焕诗文。
京华冤案真金见，松树高风举世钦。
塑像巍巍映红日，光辉永远照乾坤。

陈　晔（祁阳）

再瞻陶铸铜像

每仰陶翁万感生，忠魂萦绕故人心。
枪林弹雨拼生死，政界党群显万能。

国富民强公有德，民康物阜自亲耕。
高风亮节功勋赫，像铸铜身纪誉荣。

李声凯（祁东）

赞陶铸同志铜像

坐镇浯溪看大千，风云变幻听其然。
心如静水无波皱，形若苍松不改颜。
报国效民曾沥胆，含冤负屈更遭谗。
辉煌业绩师来者，不世功勋仰大贤。

王　鹏（祁阳）

陶铸铜像揭幕

祁邑三吾万众兴，人潮晓起欲倾城。
潇湘浩浩源头水，母女依依桑梓情。
怒号北风催热泪，轻吟春雨破残冰。
苍松映日无穷碧，根底坚牢四季青。

刘　欣（永州）

瞻仰陶铸铜像

长虹直贯气如山，儒将风流态万端。
暴动厦门惊敌胆，尽瘁中南誉人寰。
笔端有胆诗文隽，心底无私天地宽。
三绝奇碑碑增色，浯溪清水水流欢。

周　优（祁东）

拜谒陶铸铜像

浯溪气象焕新容，水秀山青景色浓。
一座丰碑闻楚地，四方游客慕陶公。
哲人已远思犹在，奸党虽除恨岂终。
幸有功勋光史册，万民世代仰高风。

唐宜新（祁阳）

瞻仰陶铸铜像

陶公铜像壮浯溪，仿佛西湖武穆祠。
四面云山增异彩，三湘童叟仰雄姿。
丰功伟绩难淹没，赤胆忠心孰不知。
但愿英灵长不泯，保民护国似生时。

萧传柳（祁东）

参观陶铸革命事迹陈列室

当年风格赞苍松，品质崇高孰与同？
正气堂堂留纸上，忠心耿耿照寰中。
光辉业绩垂千载，不朽功勋播万冬。
立像修宫人景仰，浯溪添彩更娇容。

彭式政（江华）

瞻仰纪念馆悼念陶铸同志

百战归来不问勋，披肝沥胆为群伦。
满腔热血化莹碧，一颗丹心示后人。

螳臂挡车余梦呓,铁轮滚辙喜扬尘。
旌旗漫卷东风里,燕子斜飞早报春。

曹汉武(耒阳)

谒陶铸纪念馆

陶公展馆绕湘川,三度涪溪十八年。
塑像碑林书壮志,雕文纪事雪奇冤。
石崖松柏精神在,铁壁铜墙公仆贤。
武穆坟前秦桧臭,剑寒台下伏魔奸。

吴拙侬(东安)

谒陶铸铜像

衷钦浩气贯长虹,投笔从戎盖世雄。
唤醒工农擒恶虎,身先士卒缚苍龙。
丹心捧日千秋耀,古渡留芳万世荣。
昭雪沉冤梁栋毁,无私境界敬陶公。

涪溪瞻仰陶铸铜像

涪溪胜地谒陶公,最恨林江毁俊雄。
力倒三山立功业,身遭四害陷牢笼。
胸怀大志工农拯,心底无私天地宏。
雪化霜融红日照,苍松挺立唱涛风。

峿台联想

阳和日暖兴冬游,伫立峿台景入眸。

万叶随风蝶彩舞,一文镌刻壁崖留。

宨尊酒敬今尧舜,醇醴须防夜盗偷。

护宝当医蚀腐症,防微杜渐葆千秋。

黄　翼（永州）

纪念陶铸诞辰百周年

诞辰今值百年期,遥望青松有所思。

壮岁尽心担重任,晚年拍案斥妖姬。

南征北战丰功在,磊落光明美誉驰。

今喜浯溪铜像伟,精神不死古今师。

唐异夫（祁阳）

纪念陶铸诞辰

云集浯溪庆诞辰,腮垂泪雨祭忠魂。

一生事业人瞻仰,百战奇勋天下闻。

耿耿丹心昭日月,巍巍铜像壮乾坤。

音容永别精神在,世代流芳举国循。

何家贤（零陵）

陶　铸　颂

陶家代代有精英,石洞儿郎更有名。

戎马一生呈赤胆,关心百姓秉真情。

才华有似怜菊令,礼义如同让印丞。

绿水青山添异彩,巍巍铜像耸峥嵘。

陈文群(祁东)

陶 公 颂

故乡屈指数清官,文武双全不等闲。

直笔飞书惩腐恶,横刀跃马斩奸顽。

精忠报国忘生死,矢志为民解倒悬。

巨像浯溪千古立,典型留与后人瞻。

郑　志(吉林)

读曾凡夫先生《浯溪研究集》

浯溪秀水孕奇文,千载相传四海闻。

少小临帖犹昨日,白头辨释话当今。

经霜经雨注心血,考证考实勤探寻。

一卷临窗难罢手,清新为我解疑云。

伍锡学(祁阳)

贺浯溪文化研究院成立

浯溪文化大旗张,诗海书山乐未央。

千载摩崖寻古意,九州才子撰新章。

弘扬国粹崇高节,激励人民奔小康。

屹立峿台舒望眼,一轮红日正辉煌。

龙文鸳侣(上海)

贺浯溪文化研究院成立

潇湘清气入碑镌,岂止书诗海内传。

逝水年华催过客，名山事业仰先贤。

金瓯崖颂归梨枣，石镜溪光照蕙荃。

漫叟鲁公俱未朽，峿台更著祖生鞭。

陶自强(祁阳)

浯 溪 颂

　　浯溪虽云小,却有藉藉名。地以人而显,人以地而尊。在唐有元结,退居湘水滨。精粹老文学,摩崖颂中兴。真卿挥椽笔,遒劲莫与亲。在清有杨翰,息柯贵经营。梨园资倡导,祁剧播声称。胡何寇祸烈,滥炸划埃氛。亭台化乌有,石刻幸犹存。浴血战八载,封豕长蛇奔。独夫窜海隅,大业属人民。规模宏其旧,风月为之新。我来居二载,课余喜搜寻。剔藓读古字,石上认三铭。昔人重意气,今人更认真。昔则园林私家享,今则巍巍学府琅琅一片读书声。吁嗟乎!古今沧桑多变易,名胜文化湮没何足论。浯溪之水依然绿,危石依然立江浔。次山文字光辉长不灭,鲁公书法磅礴势绝伦。涪翁扶藜涷雨里,感其忠义发幽情。历代骚人皆赞叹,题诗刻石璨然陈。噫嘻乎!祁阳湖南称巨邑,浯溪之名天下闻。一丘一壑一木一石宜珍惜,千秋万祀永相承。

桂多荪(祁阳)

浯 溪 行

　　平生爱此水石胜,三余常访浯溪清。攀登草木成旧识,摩挲顽石生深情。赞叹咨嗟不尽意,挥毫为写《浯溪行》。世界稀有此碑林,远望巉岩近锦文。上穷碧落下黄尘,满山刻画如繁星。大字逾丈悬天门,小字蚕头蚀桑椹。西安逊避敦煌让,有此富丽无嶙峋。"磨崖三绝"颂中兴,苍苍贞珉若画屏。元文璀璨秋月明,颜字凌越蛟龙腾。千古诗人多展痕,倾心拜倒无异评。次曰次山"老三铭",字各异体皆奇珍。或如玉筋列盘飧,或如鼎彝继周殷,或如悬针绣烟云,环肥燕瘦逞娉婷。季康、袁滋,翟令问,作者寂寂名不闻。若非永叔与山谷,世无伯乐谁知音?"唐碑三十犹可寻",铭有王邕诗长卿,皇甫湜诗稀世珍,李谅妙语众所钦,友让、韦词诗与文,还有郑谷和蔡京。最是眼花撩乱人,宋碑崭崭撒地金。山谷老人最崎嵚,文崇次山字真卿。宜山谪所去不远,浯上留连不肯行,写罢磨崖诗发难,炮打肃宗讥中兴;又跋次山《欸乃曲》,又寻浯溪唐庼铭;赠长老书刻溪石,悬靖节诗嘉会亭,笔法妙绝老更精,"祁阳草圣"坡翁惊。还有少游《漫郎吟》,世上但知诗人名,自从山谷相推许,方知"妙墨"绝古今。米芾少作见锋铮,文潜、清照唱和频,万里西来"片帆"轻,石湖南征"短笠吟"。两宋诗人难具论,况有虎将曰狄青。元有铁崖赋方成,"秋高月明"回富春。明则解缙与王偁,少年才气共死生;石田、思白画诗淳,亭林、船山爱国殷;其余芬芳难尽评,同敝丽句清且新。清碑首推何子贞,师法鲁公得其神;南园钱沣得其骨,息柯杨翰得其筋。书学欧阳阮仪徵,字肖山谷吴大澂。隽藻、子才有新意,怀山、献璋皆功臣。最是渔洋迹未临,撰著溪考缀精英。至若邑人多诗文,大受、阳晼最著称。璇玑数罢梦还吟,珍肴箸后齿犹馨。美哉浯溪谁能绘?富哉浯溪孰与京?难哉我写

《浯溪行》，恐拾贝壳遗珠瑛！

李谷秋（祁阳）

己未秋重过浯溪

次山文学《中兴颂》，从唐历宋元明清。鲁公书法古吟妙，摩崖刻石天下闻。再过浯溪丘壑变，高风遗迹难重寻。字跡漫漶不可读，漫山惟有虫自鸣。巉岩绝壁一怅望，仰面徒见大江横。冻雨莫洗前朝悲，阅世那禁双泪倾。

李麟书（祁东）

浯溪纪旧游二十韵有序

辛酉仲春，雁城谭公雪纯来祁阳主持中学教师函授考绩，陪游浯溪。谭公曾为四《颂》以志感。兹游之次年，怀感旧游，为赋此解。

浯溪山水天下奇，古今争赋摩崖诗。潇湘此地钟灵气，千载人文荟盛时。辛酉仲春风日丽，柳摇细绿莺声脆。摩崖此日盛春情，暖风熏得游人醉。雁城谭公鬓飞雪，足健神旺肺肝热。策士公余旅兴浓，要将胜迹留吟笈。攀藤附葛履危亭，几度巍碑认旧文。鲁公健笔元公颂，一代风流照眼新。巍碑细认深深议，镜石宷尊随步至。涪翁犹自有残碑，蝘曳法书特遒媚。寿梓千载盛生机，唐篆犹存玉箸姿。渡仙桥上月如水，想见仙翁引步迟。今人古人吟不尽，胶柱鼓弦夸新韵。谭公四颂足风情，生面别开惊异境。我渐衰朽鬓毛斑，风雅曾将屈宋攀。巍碑几度摩挲认，蹇足徒嗟附骥难。忽忽韶华又一更，河山处处沐春令。九州额手颂中兴，应有理辞镌云峻。瑰辞应有拿云手，为问豪情今在否？山花山鸟正娱人，瓮中更有新醅酒。

刘重德(河南)

三 吾 行
——乙亥深秋参观浯溪有感而作

　　祁阳三吾照眼明,浯溪峿台与㞳亭。四山凝碧一江横,潇湘灵气秀而清。山虽不高竟有名,摩崖石刻五百零。水虽不深亦有灵,二龙戏珠舞荥营。鲁公忠烈动朝廷,次山循良亦典型。次山鲁公超群英,颂文书丹两俱精。读罢唐碑顿悟醒,人生在世忌平平。进德修业争胫胫,如冰如玉自晶莹。次山籍隶洛阳城,不才河南滑台生。乡贤高标何峥嵘,援笔讵此三吾行。

邹　雯(衡阳)

游浯溪有序

　　1949年湘南游击战争告捷后,余同部分战友执教于故乡浯溪之祁阳县立中学。1988年4月11日,余与衡阳市老龄大学同学重游浯溪,感赋。

　　重游忆旧心难已,好事如花开眼底。湘岭挥戈猎虎狼,浯溪取水浇桃李。群英荟集励前驱,经典精研明至理。清水一江供纵游,摩崖三绝任狂喜。今添陶铸馆崔巍,更筑潇湘桥迤逦。可慰台胞展归帆,能招友国来观礼。愧余建树曩无多,应发余辉献故里。

重看《大唐中兴颂》

　　半载余曾在此居,惜未学书不知书。摩崖三绝今重观,才算平生初识颜。篆隶笔法写正楷,藏锋中锋巧安排。竖钩挑撇捺点横,细筋入骨惊鬼神。落落大方笔势雄,字如人品耀寰中。次山之笔实含讥,有此神笔更称奇。我道浯溪真有缘,地以人传万万年。而今盛世多鸿文,深望大刻浯溪滨。

王石波(长沙)

游浯溪观中兴碑有序

1995年10月,同湖南文史研究馆诸君游浯溪,观颜真卿书元结撰《大唐中兴颂》碑。慨王朝之永覆,社会昌荣,正未有极,因为长言以寄意。

忆昔骊山一夕风烟起,明皇奔蜀杨妃死。肃宗灵武振六军,尽扫妖氛续唐纪。微臣北拜颂中兴,欲昌唐室惜无成。不待朱温杀李枫,九域崩离已自倾。亡亦不足悲,兴亦不足颂。君不见,兴亡自古例相承,谁恤亿万黔黎、憔悴郁抑、岁岁忧饥复忧冻。又不见,唐宗宋祖俱尘土、惟有真卿、山谷、元章之字永为艺苑重。苍崖百尺湘水滨,观者不绝无晨昏。但愿护此韩陵千片石,勿使风侵雨蚀漫灭随烟云。

注:唐宣帝名李枫。

伍锡学(祁阳)

浯 溪 游

浯溪奇,浯溪美,潇湘灵气钟于此。摩崖峭壁矗江滨,亭阁凌空欲展翼。多少名碑石林中,多少游人烟雨里。三绝堂前觇石镜,渡香桥上听溪水。抚今感昔久徘徊,戴月归来情未已。

苏联民(祁阳)

重游浯溪

为爱浯溪到潇湘,竹篱茅舍架溪旁。石巅垂钓堪自逸,月夜宵樽共举觞。话说天宝安史乱,忧国亲民痛肝肠。一颂三铭镌石刻,旌吾独有水亦香。后来山谷妄立异,离乱史实道短长。骚客不知原作意,却尤三郎怪漫郎。从宋至清数百载,评讥论颂费酌商。磨崖石刻今尚在,颜字元文细品尝。

朱　桓(祁东)

戊辰重九话元结

入泷出泷倍惊心,暂借浯溪漫成吟。蛇齿虎牙膏人血,天开地辟颂圣明。欸乃声声随云水,渔麦代代哺斯民。文章老手争日月,诗翁毕竟是书生。

傅松柏(祁阳)

读磨崖碑

颂纪中兴忆漫郎,摩崖三绝著华章。藜扶字认行行右,眼洗苔看色色苍。人杰地灵参造化,锦心绣口吐奇芳。几番雅韵随流水,一点孤身倚夕阳。俯唱遥吟情莫逆,手挥目送兴偏长。三楚秀色浯溪聚,千载名言未敢忘。

陶　钧(祁阳)

读浯溪《大唐中兴颂》书感,步山谷诗原韵

漫郎结庐爱浯溪,鲁公为书中兴碑,华星秋月相映衬,那怕涷

雨如连丝。忆昔天宝滋丧乱，长乐宫中养鹿儿，珠翠踏尽驾巡西，逆羯血刃似鹘栖。区区平原提劲旅，崛起抗贼贼何为？持节贼庭全晚节，满门忠烈百世师。蕞尔舂陵荒服地，粲粲元公赖指挥。缠绵"盗贼"何所汁，竟以一身系安危！"十数结辈为国桢"，杜老当年曾献诗。呵叱不忍况鞭挞，字字皆是危苦词！世人但推郭李辈，颜元二公谁追随。苍崖亦似韩陵后，千载频供过客悲！

读《大唐中兴颂》书感，步李清照诗原韵

朝阳落叶无人扫，华清幽径埋荒草。只为贻患养禄儿，几人中兴尊国老？开元盛世何自来。太平天子枉英才，羯鼓声声变鼙鼓，胡歌胡马动尘埃。巍巍潼关血漂卤，皎皎娥眉马嵬死。二圣重欢何所欢，雄文空镌龙蛇字。南内西内实异哉，权臣妒妇势崖崖。事有至难骨肉猜，蚕丛蜀道五丁开。一曲霓裳事当戒，白头宫女今何在？谁知千秋浯水长呜咽，借问何人打碑卖。

周仲生（祁阳）

大唐中兴碑的革新

执教浯溪十五年，业余摩挲颂碑欢。深叹玄宗昏无道，乱舞朝纲招祸端。平叛除孽树正气，次山为文褒贬篇。序文去骈用散体，不饰华藻换新天。颂文毋对又毋典，三句一韵不偶拈。"古文运动"维新作，漫郎斯文经典添。鲁公毫端独一帜，改革精神震人寰。一横一竖皆中锋，力透纸背刚劲潜。撇捺勾勒藏锋笔，字字笔外力拔山。结构匀称甚紧密，方严正大浑厚然。竖行书写左而右，当时改革不简单。颜公挥毫融正气，弥足珍贵天地间。碑石色青质坚细，可磨可镌甚开颜。悬崖峭壁摩崖处，雄伟壮观非一般。奇峰怪石

竹木荫，溪清湘碧若画帘。颂碑三绝不虚假，三吾精髓此摩岩。

谢尚傧（衡南）

读颜鲁公《大唐中兴颂》

踏进浯溪寻宝殿，三绝堂中读巨卷。石壁昭昭平原迹，瑰伟雄深尤罕见。六十又三作是书，脱去"二王"开生面。鲁公摩崖此第一，茧尾丰腴两兼擅。字外出力中藏棱，气势开合护坝堰。竖行从左往右写，繁体从俗信手变。空白看似随意设，计白当黑匠心现。起笔隶意藏逆锋，行笔篆法中锋转。蚕头燕尾出新奇，法度备存经百炼。点如坠石悬云中，横则排拿山河颤。钩连巨锁挂金钩，捺拉硬弩绷弦箭。疑为项羽披盔甲，骤闻樊哙排突战。劲节骨气贯苍穹，铁柱昂立标赤县。纵横有象严森森，低回蕴藉天章绚。一本怒生万枝发，老木枯林游蜂恋。初见可畏久见爱，毛颖吞吐鸿笔彦。名家来谒中兴碑，为之倾倒何其羡。风雨剥蚀年复年，鲁殿灵光珠玑溅。唐室中兴今安在？滚滚江流化祭奠。黄金应铸颜真卿，千秋不灭犹奔电！

彭肇国（祁阳）

浯溪石镜歌

浯溪石镜亮无比，隔江风物呈眼底。对之直可辨须眉，一片寒光映肌理。有石如此未足奇，擦拭还须浯溪水。何人何年立此石，点缀江山增秀美。十年浩劫石遭殃，剟铲鞭笞若敝屣。径尺镜面尽伤痕，斑驳麻坑如攒矢。浊浪排空日月昏，横扫四旧技止此。无言溪水咽斜晖，空使游人怅旧址。吁嗟乎！谁人仗义为修磨，毋使文物久弃毁。镶之碑亭证中兴，后之来者其珍视。

王赓民（祁阳）

寔尊夜月

次山当年思多久？绝壁巅台凿一斗。异想天开当神物，随心所欲指某某。石背凹窦视寔尊，草木蝼蚁做好友。小岑浅洼见山岳，江水洄沿是美酒。饱经沧桑寔尊月，不禁慨然咏一首！

毛定波（祁阳）

咏浯溪公园金音石

浯溪立湘滨，园林毓灵秀。人指此异石，形色看不透。试敲响喤喤，似把钟磬叩。或说补天时，女娲忘带走。情知此神石，原非人间有。谁推向危崖？众石妒作莠。我叹非灵物，也学红尘丑。请问旅游者，见义勇为否！

王文治（祁阳）

登 唐 亭

向晚心不适，徒步登唐亭。月升常有意，日落岂无情。湘水长碧透，老朽鬓白银。儿时共竹马，几多隔帘人。唐碑千年固，梁柱百度新。人世多变幻，冷眼看浮沉。季子貂裘敝，离家不认亲。六国相印佩，妻嫂俯首迎。韩信胯下辱，后将百万兵。乌衣巷中燕，飞入寻常门。游方小和尚，应天登龙庭。明朝立皇帝，凌迟三日刑。和珅炙手热，白绢冷其身。林副何显赫，折戟戈壁魂。四人齐落马，邓公三度春。余生命途舛，不怨天尤人。虚盈自有数，盛衰应有因。万事随缘去，心伤自抚平。

王昌华（祁阳）

拍摄陶铸铜像

巍巍铜像立公园，我摄陶公二十年。您是人民好儿子，国家利益担在肩。生前铁骨对魔鬼，死后丹心系家山。祁山因您峰更碧，祁水因您浪更欢。每回我把浯溪进，手捧相机瞻慈颜。陶公对我微微笑，我对陶公感情添。铜像永远耸中国，再摄陶公五百年。

黄承先（祁阳）

重　阳

岁岁重阳又重阳，瑟瑟秋风拂艳阳。墨客骚人发雅兴，宿儒新秀汇祁阳。摩崖处处皆诗画，碑林字字沐金阳。尧天舜日今又是，祖国恰是一朝阳。

石韵金音

女娲补天石，飘落在浯溪。迎日伴风雨，招来凤凰栖。元结引吭歌，米芾拜多时。女郎闻声舞，婀娜若仙姬。

周先忠（祁阳）

赞浯溪摩崖

舜德文明首播潇湘，潇湘清流润泽祁阳。祁阳奥美尽在浯溪，浯溪摩崖寰宇名扬。

何建华(祁阳)

忆江南·浯溪好

浯溪好,世上美名扬。日出峿台眺宝塔,月升溪水漾银光。可爱是家乡。

郭述鲁(山西)

忆江南·梦浯溪(二首)

浯溪棒,倩态隐潇湘。何日乘舟窥丽影,深闺一睹女儿妆。了梦晋阳郎。

浯溪丽,山水忒清奇。墨宝华辞撩月醉,碑廊题壁令人迷。遥奉曲三支。

石　文(祁阳)

忆江南·浯溪美(三首)

浯溪美,胜景盖潇湘。绿水玎玎如漱玉,翠岩密密若经幢。摄影女郎忙。

浯溪美,景色令人迷。碑海诗林朝日映,危亭曲榭古藤围。晴雨总相宜。

浯溪美,今又换新装。白练桥头车影疾,黄鹂声里果花香。倚柱又斜阳。

毛智明(祁阳)

望江南·浯溪美(三首)

浯溪美,景点最迷人。绿水青山多秀丽,诗词歌赋意高深。欣赏最开心。

浯溪美,夏日旅游兴。翠柏苍松迎远客,宋樟草木笑含情。燕舞百花馨。

浯溪美,溪水在鸣琴。竹浪松涛翻绿海,湘波荡漾水连濑。触景众欢欣。

石燕飞(祁阳)

忆江南·浯溪吟(六首)

浯溪景,日日换新装。细柳娇杨腾绿浪,嫣红姹紫满天香。胜景冠潇湘。

浯溪石,峻峭峙湘江。天赐摩崖平似镜,元颜妙手铸文章。千古墨留香。

　　浯溪水,缓缓细长流。汇入潇湘归大海,愿随海水起蜃楼。化雨返溪头。

　　浯溪树,繁茂细参天。时有清凉荫过客,能生氧气净人寰。造福万千年。

　　浯溪柳,袅袅复依依。曾伴元公垂晚钓,今为老干促归期。飞絮满征衣。

　　浯溪美,文彩眼中镶。宋刻唐碑传国宝,陶公铜像耀三湘。先哲美名扬。

王　　鹏(祁阳)

忆江南·浯溪颂(六首)

　　浯溪颂,文笔古今奇。千载元颜遗墨宝,芳香凝吐百花枝。能不颂浯溪?

　　浯溪颂,要数石头坚。峭壁悬崖高万丈,金光文匾九天悬。风雨洗新鲜。

　　浯溪颂,碧水漾春山。百态千姿鱼跃浪,风光澄影墨池蓝。石镜万般看。

　　浯溪颂,晓雾卷龙盘。旋转亭台明暗出,西湖美女浴盆间。红日映柔衫。

　　浯溪颂,霜叶火心红。层出西施微醉脸,娇无力气倚苍穹。朝你送春风。

浯溪颂,溪底卧龙潭。月点潭心珠一颗,行人明镜解愁看。争说凤池般。

张寿全(祁东)

望江南·浯溪

浯溪美,有幸旧曾游。柳暗花明藏鸟语,岸危壁峭映江流,风景自清幽。　　名胜地,墨客喜题留。遗刻三奇文字石,久经历代补增修。永葆几千秋。

蒋华轩(零陵)

忆江南·赞浯溪

浯溪美,风景盖江南。四面云霞山迤逦,清泉溪涧水潺潺。红叶满山间。　　湘江水,碧浪绕城环。画舫渔舟频往返,游宾览胜倚栅栏。赞语盛诗坛。

冯恩泽(汨罗)

调笑令·忆昔

牵挂,牵挂,相别浯溪柳下。那时莺唱梅梢,而今风冷雪飘。飘雪,飘雪,淡了溶溶夜月。

伍锡学(祁阳)

如梦令·砍豆架瓜棚木

豆角浯溪种满,瓜蔓峿台爬遍。归路懒开言,担重双肩轮换。疲倦疲倦,天黑码堆江岸。

注:1962年就读祁阳三中,师生在浯溪两岸、峿台上下种了许多蔬菜。因缺育苗木,去30里外太白峰深山砍伐。

胡迪闵(永州)

相见欢·浯溪游(二首)

老来无挂无忧,兴悠悠。权借秋光伴我作闲游。　会诗友,惊白首,数风流。相约浯溪桥下泛轻舟。

金秋瓜果飘香,遍城乡。墨客骚人欢聚在祁阳。　摩崖下,留诗话,意昂扬。争道浯溪山水好风光。

李麟书(祁阳)

浣溪沙·陶铸铜像揭幕

血雨腥风怨昊天,噬人魔鬼舞翩跹。南天柱折万民冤。遗泽至今怀闾里,仪型此日壮元颜。高山流水自年年。

浣溪沙·浯溪纪游(二首)

危亭古木映清溪,方去还来更有携。山灵应笑太情痴。幽境寻碑行缓缓,摩崖读颂议迟迟。闹蝉声里夕阳西。

碑勒摩崖护赤栏,颜书元颂两巉巉。千年公案费磨勘。南内凄凉新白发,马嵬风雨瘗红颜。滔滔江水咽前滩。

刘飘然（永州）

浣溪沙·赞重阳诗会颂浯溪胜地

墨客骚人雅兴长，歌今咏古献华章。千秋此会不寻常。
笑岘亭边花笑语，渡香桥下水生香。浯溪胜迹永流芳。

彭式政（江华）

巫山一段云·浯溪怀元结

独爱浯溪秀，此间最可留。竹篱茅舍伴芳洲，江上看飞鸥。
隐逸心犹在，中心勤勉求。悬崖常寄大唐忧，石镜寓深谋。

李麟书（祁阳）

减字木兰花·浯溪纪游

湘江东去，过尽千帆都不住。潇水西来，潋滟清波酿绿醅。
苔侵绿壁，赫赫唐碑渐不识。古木危亭，黄叶西风斗正殷。

减字木兰花·重九浯溪雅集

溪崖有幸，诸老吟成诗律劲。橘柚初黄，风雨重阳喜艳阳。
欣逢盛世，智水仁山饶意趣。继踵兰亭，应是今人胜昔人。

胡永清（双牌）

卜算子·浯溪摩崖

我爱楚湘滨，美景浯溪俏。三绝摩崖历代奇，南国碑林妙。
妙笔趣生花，篆隶楷行草。凤舞龙飞满峭崖，珍宝光芒耀。

邓俊峰(祁阳)

诉衷情·谒陶铸铜像

拜瞻铜像颂贤卿,肃面动长吟。中原纵马横剑,热血沸,战场腥。　　塞北颂,岭南称,史垂青。赤心忠胆,碧水流馨,品德长存。

李　晖(浙江)

清平乐·峿台

元颜何在,三绝宏文载。兀立湘江萦碧黛,独爱临川气概。抚亭暮霭朝云,镌崖千古诗魂。阅尽浯溪风雨,石台益显雄浑。

王际寿(衡阳)

清平乐·重游浯溪

三吾长在,元子留遗爱。名颂奇书山石怪,更听艄人欸乃。沉吟贼退春陵,为官首重民生。苛政猛于寇患,少陵感喟声声。

清平乐·再谒陶铸铜像

无私无愧,一股浩然气。松骨高风天下醉,景仰年年岁岁。横眉冷对青帮,天生一副刚肠。个个铮铮铁骨,人妖何处潜藏!

罗正发(衡阳)

清平乐·瞻仰陶铸铜像

寒冬腊月,浯水添春色。车辆行人何堵塞,铜像魁梧刚烈。丰功佳绩芬芳,沙场鏖战千场。昭雪公心人赞,悲怀陶铸神伤。

王崇庆（湖北）

清平乐·梦访浯溪

春光化凤，将我浯溪送。三尺玉箫云里弄，吹得霞飞星动。
黄莺为你歌啼，红花做尔旌旗。吾欲扛锄肩上，田间种下心怡。

吴田民（吉林）

忆秦娥·戊辰重阳访浯溪

湘江侧，松槐掩映碑林阔。碑林阔，长安风采，蓬莱秋色。
元陶岂是浮名客，泉台应喜新开拓。新开拓，宏图在展，腾飞
在握。

萧伯那（永兴）

忆秦娥·浯溪春色

银河坠，和风曦月莺啼翠。莺啼翠，一江春水，镜湖如佩。
溪桥野渡歌轻脆，漉苔崖畔烟花媚。烟花媚，盘桓古道，芷兰留
醉。

周祖达（祁阳）

画堂春·浯溪松

浯溪顶上耸青松，枝繁叶茂丰浓。任凭酷夏与寒冬，总是从
容。　　铁骨峥嵘浩气，无私奉献光荣。狂风暴雨傲苍穹，亮节
高风。

陈治法（湘潭）

乌夜啼·怀浯溪丹桂

窗外一株丹桂，别来几度秋风。如今不见湘南信，孤雁夕阳中。　　料得黄花绿叶，依然点缀秋容。万千往事抛难却，骚首月如弓。

吴茂斋（祁阳）

西江月·赞浯溪

浯水滔滔环绕，溪边石立千秋。摩崖碑刻遍山头，胜地得天独厚。　　台榭星棋罗列，新桥连贯山陬。游人骚客往来稠，风景今朝胜旧。

李　晖（浙江）

西江月·峿台秋夜

月白气清风小，石门江水滔滔。峿台夜景泛银涛，一片流光淼淼。　　记得秋江渔棹，沉吟今夕良宵。举杯寻伴月相邀，心与浯溪共老。

彭程辉（永州）

西江月·读《大唐中兴颂》碑

十丈摩崖刻石，千年雨雪销溶。何来鬼斧与神工？嵌凿天然合缝。　　一壁诗书共赏，三吾铭景交融。钓鱼台上忆斯翁，岂是严陵伯仲。

毛智明（祁阳）

西江月·浯溪空中拍照

银燕空中照影，浯溪流水鸣琴。花香鸟语沁人心，天设三吾胜境。　今日亭台鼎峙，明年楼馆连云。永州之野耀红星，吸引八方客兴。

石燕飞（祁阳）

西江月·元结名人奇志

元结出奇明志，道家顺命全生。高官辞去乐渔耕，独爱浯溪形胜。　济世下怜黎庶，忠君上致朝廷。立功平叛颂中兴，归隐林泉养性。

西江月·读欧阳友徽《浯溪园林三议》(三首)

南国碑林诗海，浯溪石刻摩崖。一千二百几年来，墨客骚人独爱。　保护振兴在急，自流放任堪哀。添新维旧莫迟挨，大放当今异彩。

崖上诸多词赋，园中缺少楹联。画龙跃跃欲升天，不见点睛活现。　一幅名联佳对，千秋表圣述贤。古今中外世相传，山水风光增艳。

古树宋樟拔地，悬崖怪木依天。紫薇花艳叶形圆，三缀浯溪特点。　再植松枫楠柏，也栽梅桂茶兰。橘梨桃杏石榴甜，四季花香永远。

注：茶，指山茶。兰，指广玉兰。

文建虎(祁阳)

浪淘沙·谒浯溪陶铸铜像

铜像立溪边,亮彻云天。万家黎庶仰遗颜。武略文韬才俊彦,一代英贤。 动乱十余年,魔怪为奸。颂扬松树有名篇。心底无私昭后世,光耀人寰。

欧阳友徽(祁阳)

鹧鸪天·读《大唐中兴颂》碑

浯溪有幸刻中兴,何日中兴梦变真?只要奸骄居显要,必然百姓受欺凌。 千载苦,万般贫,望天翘首盼甘霖。朝堂重用包文拯,不教摩崖空裂痕。

彭程辉(永州)

鹧鸪天·浯溪石刻

看似平岗暗是山,三吾胜处赖前贤。留得一壁中兴颂,唤起千年锦绣篇。 柔米芾,俊庭坚,绍基行草赛龙蟠。平生有幸瞻亭宇,江水滔滔忆画船。

刘建儒(祁阳)

鹧鸪天·浯溪

一曲幽溪入梦乡,摩崖几簇耸临江。真卿翰墨千秋圣,元结奇文万世煌。 碑誉绝,景名香,历朝骚客赋诗章。神州胜地皆瑰宝,天下浯溪美誉扬。

贾跃平（江华）

鹧鸪天·吟浯溪

伍老深情信息呼，因之美梦绕三吾。溪旁松竹含烟翠，鸥鹭翩翩展画图。　　陶铸像，漫郎书，高风拂水耀明珠。碧波小舸银鳞跃，一曲渔歌醉意舒。

莺　子（女，温州）

思佳客·春寄浯溪

梦到湘南梦也甜，黄莺紫燕绕新帘。窗开三面波如镜，目极重天月似蚕。　　惊绝壁，泛溪潭，感同锦簇载千帆。渡香桥外香多少？涌进诗囊莫笑贪。

赵怀青（江西）

思佳客·纪念陶铸百年冥辰

魂系湘南是故乡，浯溪碑勒记之详。战迎白刃身犹健，劫遇红羊事可伤。　　邪尽逐，屈俱张，巍巍铜像立祁阳。松生岩隙披鳞甲，阵阵清风玉韵扬。

伍锡学（祁阳）

虞美人·浯溪书所见

自从元结修篱院，四海名声遍。骚人踏雨赶风来，天下奇文次第挂悬崖。　　醉人秀色今能揽，游客天天满。双双摄影石碑前，少女歪头手搭玉郎肩。

萧伯那（永兴）

虞美人·浯溪

零陵郡北安南道，祁邵街边草。当年马迹信难寻，惟有萋萋芳草绕碑林。　　中兴洰石犹三绝，大气回风月。枯荣轮转见沧桑，胜向摩崖石镜问炎凉。

蒋　炼（祁阳）

木兰花·读《越南使者咏浯溪诗文选注》

浯溪自古声名远，越南友人曾艳羡。使中必作三吾游，诗以抒怀情眷眷。　　民风山水夸迷眼，胜迹名人尤系恋。读完选注涌心潮，编撰之光长璀璨。

龚启俭（祁阳）

踏莎行·浯溪

日映峿台，莺穿绿树，树间婉转苔阶路。摩崖碑刻赏心怀，情萦寄远催词赋。　　溪水鸣琴，流泉蒸雾，奇文墨宝骚人妒。寻幽探古几登攀，拈来尽在烟深。

王禄楷（河北）

踏莎行·梦游浯溪，步秦观词韵

绮梦翩翩，月明远渡，碧波摇楫倾心处。摩崖三绝浴春风，诗碑铜像馨花树。　　醉眼图文，卧游简素，奇观美景多无数。真山真水问祁阳，同舟览胜浯溪去。

李　雅(郴州)

踏莎行·读《大唐中兴颂》感怀

元结雄文,真卿正气,排除毒乱为君讳。皇权复服怨孽臣,承欢二圣涵濡晦。　　山谷明评,易安敏锐,"咸阳草"陷奸雄辈。攀龙附凤误丹墀,堪悲"大物"阴阳替。

龚朝阳(祁阳)

踏莎行·浯溪公园拜读陶铸《踏莎行》词碑

翠绕郴江,词题幽处,陶公情愫迢迢路。元勋开国建山河,英雄遍地红旗舞。　　霜染秋枝,水香故土,忠心常系民生苦。浯溪北上慰冰魂,乡亲父老思松树。

蒋　薛(衡南)

临江仙·浯溪三绝

碧水潺潺流淌,奇岩屹屹彷徨。峿台峿谷共波光。水因人杰秀,溪以雪梅香。　　妙笔大摛文采,友心造就华章。摩崖三绝显辉煌。潇湘留胜迹,游客忆元郎。

李　晖(浙江)

临江仙·浯溪春景

雨润石门江渚静,暮春薄雾氤氲。渔舟一棹唱清晨。峿台折影,镜面映清粼。　　嫩绿怡红何处枕,犹遮镜石碑林。渡香桥下水涔涔。岫岩叠翠,空谷听啼禽。

龚启俭(祁阳)

临江仙·浯溪古渡

曾渡隋唐五代,继逢宋元明清。磨崖千古尚留存。渚痕依旧在,水映月华匀。　　送走农工商贾,笑迎父老乡亲。长虹飞架代舟行。艄公觅古渡,时世焕然新。

石　文(祁阳)

临江仙·浯溪访秦少游碑刻

人云:宋绍圣四年,秦少游编管南疆,经过浯溪,作《漫郎吟》,并书张文潜《读中兴碑》。其后一并刻于摩崖。秦碑已被清朝一知县磨平题诗,秦诗存《浯溪志》中。

百尺摩崖佳胜地,潇湘暂驻兰桡。元公机鉴属前朝。销凝迁谪路,碑石寄风骚。　　竹茂花繁波浩渺,夕岚两岸哀猱。一官原本等鸿毛。达人如水妙,清浊任其遭。

陈朝晖(祁阳)

一剪梅·浯溪怀古

一曲清歌水自流,才出香桥,又下浯洲。黄涛古渡浪推舟,一楫秋风,万种离愁。　　百丈摩崖石刻幽,颂也风流,字也风流。千方碑刻古诗稠,雅也名留,俗也名留。

胡策雄(祁阳)

鹊踏枝·摩崖吊古

百尺摩崖寻《颂》处,细拨莓苔,难认前朝句。独倚危栏风满树,寒林数点昏鸦雨。　　千古烟云沉不住,滚滚江涛,一碧东流去。昨夜渔阳多少雾,洗儿应悔当年误。

彭式政(江华)

鹊踏枝·浯溪苍崖

崖凿唐碑高十丈,千古留馨,玉振金声响。滚滚潇湘三月浪,涛音更和声情壮。　　健笔国忧存石上,犹见颜元,刚气凌峦嶂。扫净妖氛邦有望,鹏飞万里欣无障。

颜　静(祁阳)

蝶恋花·浯溪漫步

闲借阳春风雨后,颦效风流,移步园中走。四百摩崖消毓秀,千年石镜今时友。　　纵是亭间无小酒?画笔清风,写句梅花瘦。眼下高低岩壁有,不知我可铭诗否?

黄　嵩(祁阳)

渔家傲·春游浯溪

胜境浯溪风景妙,青葱翠绿林荫道。宛转黄鹂歌树杪。霞光照,樱红李白花枝俏。　　户外清幽空气好,摩肩接踵君行早。漫步长廊心不暴。人未老,浯溪胜似蓬莱岛。

高　节(祁东)

渔家傲·访陶铸故居

江山悠悠长不竭,浯溪勒石丰碑碣。松树高风碑上刻。碑上刻,江轮划破江心月。 岚绕山峦云似雪,山民晌午田间歇。壶茶围坐人欢悦。人欢悦,无人不道陶公哲。

陈长源(祁阳)

青玉案·游浯溪缅怀陶公

浯溪风景堪称绝,嶙峋处,尽碑刻。陶铸铜像神似活。恢弘气度,苍松风格,宁碎腰难折。 繁花有幸陪英烈,新馆生辉展清德。洒向人间都是热。沉冤得洗,茂才难得,仰视浮云白。

桂 芝(祁阳)

青玉案·陶铸铜像前感言

狂飙卷起"帮魔"舞,更吹送,冤如雨。国士南冠流放路。至亲安在,断魂何处?天地同悲楚! 身曾百战擒豺虎,顶日踏霜恤贫苦。松格凌云嗤社鼠。蓦然欣见,雾消花怒,丽日临中土。

李麟书(祁阳)

江城子·戊辰重九诗会

摩崖百尺俯澄江。值秋凉,菊初黄。绮丽山城,佳节正重阳。盛世讴歌迎雅集,情激越,韵铿锵。 鲁公铁笔重遐方。 几风霜,任评量。水部文章,灿灿两生光。更有陶公仪范在,山岳重,地天长。

杨用擎(长沙)

千秋岁·游浯溪瞻仰陶铸塑像

邀来佳境,遍赞浯溪胜。红叶舞,黄花竞。霜寒松柏翠,碑石寻三径。江水碧,宇高气爽吟幽兴。　　忆昔风云暝,奸佞何专横！天柱折,繁冤悴。盖棺身论定,闾里"青天"称。瞻塑像,精神不朽游人敬。

王建文(永州)

潇湘夜雨·重九浯溪怀古

　　水部南来,道州功德,边陲镇服西原。激流挂笏寄山川。湘水碧,嶙峋异石;林蔽阁,黛影深渊。看古镜,千秋往事,似若轻烟。

　　磨崖绝颂,文词星斗,翰墨龙镌。帝醉玉环女,京兆胡鞭。终南走,唐纲何在,歌中讥,自咎有源。今胜昔,寰球翘首,新写中兴篇。

何建华(祁阳)

满江红·陶铸百岁诞辰缅怀

　　转眼陶公一百岁,思绪联翩。忆昔日,厦门劫狱,辽吉纠偏。陷敌囚牢钻马列,蒙冤打倒更心坚。写诗词,犹念故园枫,满山丹。　　欣改革,道路宽;松树德,众称贤。看祁阳今日,天马腾欢。秀丽浯溪铜像耸,挺胸昂首望云天。赞伟人,不死是精神,万古传。

胡迪闵(永州)

满庭芳·浯溪

　　古木参天,浓荫铺地,翠柏掩映园亭。渡香桥畔,芳草涧边生。健步盘岩小径,风送爽,画角鸣铃。艳阳下,渔舟点点,水上荡歌声。　　多情。罹浩劫,摩崖胜境,又放光明。叹碑词遗刻,千载峥嵘。历代浯溪题咏,唐宋后,复有明清。而今问,何人秉笔,颂改革中兴。

饶惠熙（湖北）

满庭芳·浯溪

　　奇绝浯溪，祁阳名胜，果然诗画长廊。誉扬遐迩，佳景列潇湘。遥望临江耸立，摩崖处，艺术辉煌。真仙境，天球拱璧，举世更无双。　　空怀山水乐，何时有暇，到此徜徉。把春夏秋冬，饱入奚囊。亦抱三吾至爱，亭台上，宠辱皆忘。中兴颂，凭谁巨笔，再谱大文章。

邓南生（祁阳）

满庭芳·游浯溪公园

　　中国浯溪，水香灵地，石奇披着芳馨。绿茵如锦，花木绣天成。多少碑林石刻，笔如椽，写出心声。中兴颂，文章书法，千载永垂名。　　巨星。人亿万，心中活着，松柏常青。看无私品德，风范如生。革命精神永在，启后辈，世代相承。丰功绩，浯溪骄傲，一颗宝珠明。

万　迁（南县）

水调歌头·瞻仰陶铸铜像

　　百战此身认，十亿颂英雄。戎装飞马南北，奋斗领先峰。端坐乾坤寒椅，足踏神州故土，峭壁挺苍松。两部进行曲，万代鼓新风。　　陶情操，铸理想，启鸿蒙。青松品格，云乱天黑尚从容。为党光明磊落，执政清廉正派，创业著奇功。白雪昭忠魄，碧血化长虹。

何晓铃(祁阳)

水调歌头·怀浯溪

已涨桃花水，底事尚淹留？浯溪春色正好，晴雨总宜眸。溪上香桥听水，崖上宕尊对月，胜景醉沙鸥。欲泛扁舟往，聊以解离愁。　　今老矣，甘霖降，获荣休。教书事业何似？愧为后生谋。值此宏图改革，个个争功献力，归计总踌躇。惟有相思梦，好作梦中游。

欧德星

水调歌头·重游浯溪感怀

潇湘多胜迹，八景浯溪娇。自古骚人墨客，石碑纵挥毫。楼阁横飞烟外，刻石高悬峭壁，渔父引波涛。宝塔照神采，三吾展风骚。　　挹湖广，接蜀贵，飞虹桥。游龙横卧，从此朝夕任飞轺。名驰黔滇巴蜀，惠及炎黄后代，大业启今朝。陶铸英灵晓，应共故乡骄。

李　鹏(江华)

水调歌头·浯溪

云抹山缥缈，岚绕树依稀。湘江岸柳梳绿，紫燕弄春泥。醉漾花香十里，漫岭烟霞盈瑞，斜径蝶痴迷。桃李嫣亭外，逗取一江漪。　　嶙峋石，鲁公字，次山词。首开画卷，三绝浩气贯中西。史鉴千秋万代，志士文人钦仰，华夏复兴期。大雅神工铸，鬼斧锁浯溪。

李仁佳(祁东)

水调歌头·游浯溪

　　偕友祁阳去,来到此园游。浯溪宝地神往,极目景清幽。前有陶铸铜像,后有凉亭乱石,小鸟叫枝头。登顶观江面,烟雨锁轻舟。　　逛幽径,看碑石,望塔楼。壁诗石镜,文物考证几千秋。多少文人墨客,潇洒赋吟书画,惜叹不多留。岁月翻新页,千古颂风流。

任羽皋(湘阴)

水调歌头·游浯溪抒怀

　　结伴遨游地,浩荡大江东。浯溪胜景堪赏,三绝纪丰功。振翅亭叠翠,峭壁峿台远眺,树木绿葱葱。元结春秋笔,启迪后人聪。　　唐碑绝,三吾美,涤尘胸。江流清彻如镜,天地景交融。盛世昌明敬老,吏治清廉民顺,建设画图宏。呼喊小康日,书寄夕阳红。

彭式政(江华)

水调歌头·浯溪

　　笑入浯溪路,霜叶正芳菲。高低碑碣林立,篆隶绕周围。仰首苍崖耸峙,遒劲赫然在目,千古映清辉。细味中兴颂,字里隐微讥。　　奸雄除,石镜在,慎毋违。神州崛起,端赖百族众心归。上重清廉为政,下自闻风而动,驽钝扑腾飞。改革欣有望,政策显神威。

杨赛龙(祁阳)

水调歌头·重游浯溪

南国多名胜,石怪阁亭新。天生宝镜奇绝,光鉴一溪云。碑林璀璨夺目,刚劲诸家妙笔,体势任其真。红日拨霞出,旭色满园春。　　渡香桥,蝴蝶舞,百花芬。多情烟柳,黄鹂轻啭醉游人。登上峿台远眺,千里祁山叠翠,湘水碧粼粼。瞻仰陶公像,洒泪悼忠魂。

伍锡学(祁阳)

水调歌头·浯溪米拜石

宇宙一瑰宝,陈列大江边。天然空窍奇异,四向任君观。宛若貂蝉拜月,又似麻姑献寿,菩萨坐金莲。可是补天女,留下赠人寰?　　气豪宕,神飘逸,韵萧闲。当年米芾来此,膜拜久流连。是夜崖高月白,一叶扁舟离岸,回首望仙山。且到浯溪去,也学一回颠!

冯国喜(祁阳)

水调歌头·步锡学兄《米拜石》原韵

未随女娲去,寂寞此江边。精华日月炼就,任作假山观。背峙摩崖千尺,心逐湘云万里,流水涌青莲。阅尽沧桑事,无语对人寰。　　结茅庐,邻元结,亦清闲。几番倚醉望月,傲骨两相连。堪笑蔡京奸相,自恃黄金白璧,休想买青山。三拜玄机在,米芾几曾颠!

注:北宁蔡京假节邕交道(今广西、越南一带)过浯溪,并作诗云:"停桡积水中,极目孤烟外。借问浯溪人,谁家有山卖?"其人诗好,字亦好,无奈人品太差。

王禄楷(河北)

水歌调头·步伍锡学吟长《浯溪米拜石》

　　原是补天剩，无用弃江边。伶仃万载孤寂，谁肯近瞻观？精髓滋莹碧水，气质吸融翠竹，神采鉴红莲。风雨炼珍异，瑰宝隐尘寰。　　米芾出，奇才现，傲游闲。身躬千古一拜，仰识赏留连。君赞潇湘景美，我悦祁阳谊厚，欢梦会龙山。醉映浯溪月，膝跪倍痴颠。

王　鹏(祁阳)

水调歌头·瞻仰陶铸铜像

　　百战此身认，十亿颂英雄。戎装飞马南北，奋斗领先锋。端坐乾坤寒椅，实踏神州故土，峭壁挺苍松。两部进行曲，万代鼓新风。　　陶情操，铸理想，启鸿蒙。青松品格，云乱天黑尚从容。为党光明磊落，执政清廉正派，创业著奇功。白雪昭忠魄，碧血化长虹。

陈华琳(祁阳)

水调歌头·游浯溪公园

　　旭日透云射，阵阵暖风吹。踏青慢步穿柳，晨露映朝晖。香雾迷人扑鼻，胖景勾魂弄眼，亲切感人怡。陶铸伟人像，英武闪光辉。　　立悬崖，观峭壁，赏文碑。挥毫作画，浓情添彩绘浯溪。湘水环清拱秀，亭阁星罗棋布，翰墨更称奇。此处留幽景，得意竟忘归。

水调歌头·浯溪碑刻

　　唐代圣贤迹,时隔一千秋。龙蛇碑上飞舞,铁画显银钩。文彩流传环宇,翰墨光昭日月,骚雅共同俦。今古一奇绝,与世共风流。　　地钟灵,山毓秀,水清幽。浯溪瑰宝,瑶池仙境也难求。大小碑型千种,各县丰姿神韵,放眼尽螭虬。此处藏幽景,过客尽优游。

桂　芝(祁阳)

水调歌头·浯溪三泛(三首)

　　友徽先生云:湘江"上游漓湘,水清见底,却太瘦小,不成气候;下游蒸湘,江阔浪大,却河浑水浊,缺少秀丽;唯独中游潇湘,水深波碧,流缓浪平,流绿可染,积翠堪撷,美不胜收",堪与漓江、西湖媲美。诚哉斯言。浯溪景区,紧依湘江。此段湘江水,乃浯溪景之组成部分,亦即浯溪水也。余三泛"浯溪",饶有别趣,因成三阕,以志游兴。

　　春泛浯溪水,人在画中行。凌空峭壁千丈,巨幅挂江滨。石罅枝藤蒙络,幽壑葱茏滴翠,碧水荡芳英。鸟唱红亭静,桥下漱溪声。　　软风过,凭栏望,更销魂。一山璀璨,龙蛇巨笔斗星文。求甚瑶台琼岛,探甚桃源幻境,何不此中寻?元子真风雅,溪畔乐余生。

　　秋泛浯溪水,身在镜中游。画船平滑玻面,澄澈弄轻柔。花石游鱼青藻,交映崖亭树影,上下两琼楼。恍似临仙阙,尤怪上高丘。　　窥明镜,见肝肺,怅悠悠。芸芸冠盖,几人对此不含羞?借汝晶莹宝鉴,洗净心肠污迹,潇洒傲王侯。更有唐宫事,国运探沉浮。

　　冬泛浯溪水,心在梦中燃。彩树寒山劲草,煦日透潭烟。展翅苍鹰拨雾,依岸渔舟晾网,诗境最堪怜。心浪随波曳,击节赋新篇。　　辨讥颂，评父子，太悠闲。中兴大业，燎起壮志万千千。遥想大同宏愿，凝聚炎黄伟力，好梦总成圆。待到辉煌日，再颂刻蓝天！

颜　静（祁阳）

暗香·浯溪

形如村女，衬天蓝云碧，娇姿妍妩。涧岸修竹，烟雾轻幽，系恋渔父。古木千姿百态，峿台上花飞蝶舞。江水彻倒映悬崖，雁远白帆去。　　漫步，草间路。觅古迹旧痕，依稀难诉。琬碑妙语，难耐千年雨风妒。石镜青苔掩映，对湘江凄清如许。隐士故墟址在，倩谁再塑？

伍锡学（祁阳）

扬州慢·戊寅中秋浯溪游园

瑰丽浯溪，精心装点，游园好是良宵。见车灯鱼贯，过平滑长桥。月光下，人流不断，影笼岩石，笑拂江皋。更双双、携手人儿，来赏妖娆。　　铸公铜像，与乡亲同卷心潮。看滚舞龙灯，翻腾狮子，何等逍遥。节日礼花齐放，如霞彩、璀璨金霄。叹摩崖碑刻，无人停步瞧瞧。

何建华（祁阳）

玉蝴蝶·春游浯溪公园

春日花船灯柱，浯溪园里，欢乐无涯。如织游人，齐把美景矜夸。酥雨细，千崖绽笋；东风暖，万树开花。令骚人，挥毫泼墨，宣纸横斜。　　哈哈！摩崖三绝，　亭六厌，天下称佳。神态庄严，陶铸铜像乐安家。看古域,花团锦簇;喜祁阳,昌盛繁华。待明朝,神州万里,铺满红霞。

刘振华(东安)

念奴娇·浯溪感赋

摩崖亭树,枕湘流,阅尽古今寒热。石上钓翁留想象,依旧汀洲明月。听鸟林中,渡香桥畔,漱玉声何歇?漫郎旧院,而今指点评说。　　碑林足可千秋,三吾风物,自古称奇绝。石镜含晖传秘页,照见是非明澈。拂拭佳铭,低徊石径,史鉴心头刻。中兴有讽,空余"长恨"千叠。

刘维真(祁东)

念奴娇·仲春游浯溪

劝游佳侣,漫蹭蹬,石径虹桥乘壁。北转东流今易主,骀荡风和晴日。望月亭边,观敩台畔,细认唐人迹。千秋胜赏,长蛇硬弩遗笔。　　极目上下潇湘,云山簇聚,自古多灵物。旋转乾坤堪屈指,太息春华化碧。莫论皇英,休提贾傅,都是楚中客。绵绵芳草,三闾应废幽咽。

陈朝晖(祁阳)

念奴娇·瞻仰陶铸铜像

湘江河畔,见黛松翠柏,铜像高耸。结队儿童来祭奠,簇簇鲜花恭捧。心挂家园,情牵父母,恍见铜雕动。祁山祁水,繁荣安定与共。　　遥想侹傻当年,南征北战,转战沙场勇。镣铐铁窗无所惧,情系工农民众。万苦千难,一生九死,终把王朝送。一场文革,涅槃公化丹凤。

陆民华(长沙)

沁园春·游浯溪

　　胜境三吾,今日重游,一派新颜。喜温文风雨,搓柔江柳;芬芳桃李,烘暖溪烟。萌渚云青,洞庭波绿,鱼跃于渊鸢戾天。斯何世,上峿台绝顶,吟赏山川。　　终逢如此康年,料漫叟归来心亦欢。看中兴事业,正须讴颂;轩昂岩壁,恰好磨镌。气淑晴和,阁飞亭矗,春满潇湘万象妍。伊谁力?把劫灰清扫,换尽人间。

沁园春·游览浯溪,赋此复麟书

　　故人相携,旧地重游,快曷如哉!记文章共砚,声扬《祁铎》;潇湘击水,波撼峿台。解冻雷霆,渡江梅柳,直引东风冉冉来。君与我,更勤浇心血,培育英才。　　莫嗟白发丛栽。照胜景且将石镜揩。看劫灰清洗,丹流飞阁;骚人吟赏,目注摩崖。石刻龙蛇,樟标唐宋,满眼风光图画开。春无际,倚危亭舒啸,心绕天涯。

陶　钧(祁阳)

沁园春·浯溪

　　两刺道州,三过浯溪,亘古一元。挹风光两岸,晖生镜石;梯百步,登　亭高处,指点江村。　　漫郎宅已难寻,剩碑碣琳琅纪旧痕。喜亭名胜异,黛青烟绿;台迎晴旭,木茂花繁。六厌何曾,六根已净,松吹溪声尽雅言。还记取,那香桥野色,更断人魂。

廖奇才(长沙)

沁园春·重九浯溪诗会

千古浯溪,兰亭雅集,正值清秋。看长桥飞架,马龙车水;澄江碧透,兰桨轻舟。岩峻石奇,枫丹柏翠,沐雨经霜老愈道。喜今日,伴三湘诗侣,又上斯楼。　　风光此地独幽,引百代骚人诗兴稠。忆鲁公水部,曾书讽颂;名臣骚客,争赋风流。毓秀钟灵,流长源远,更有新诗播九州。君须记,指中兴事业,细写宏猷。

郑国栋(宁远)

沁园春·重阳浯溪诗会呈与会诸老

霜叶争姿,黄花竞态,美景良时。看九疑山下,稻香瓜熟;洞庭湖上,云动霞飞。浪卷江南,飙狂塞北,正似千军万马驰。华夏景,真多娇多彩,堪画堪诗。　　三湘胜概浯溪,引今古名家咏叹之。想漫郎结宅,留连忘返;陶公携侣,徙倚凝思。拂拭碑文,摩挲篆刻,千古平原一颂奇。愿诸老,写中兴大业,健笔频挥。

汪竹柏(永州)

沁园春·浯溪

湘水之滨,祁阳城南,浯溪碑林。看渡香桥下,清流泛彩;摩崖石上,翰墨留馨。亭护名碑,烟笼绿树,自古江南享盛名。开阔处,立陶公铜像,鉴古观今。　　永州诗社同仁,今来此登临竞啸吟。正重阳佳节,秋菊吐艳;革新时代,万象纷呈。即兴挥毫,谈经口占,风骨元颜敢问津?诗词里,有几分画意,一瓣丹心。

伍锡学（祁阳）

沁园春·浯溪重阳赏菊

　　佳节重阳，天高气爽，万里阳光。赖星沙贤哲，风尘仆仆；永州英彦，喜气洋洋。雅集浯溪，碑林驻足，思接千秋望八荒。微吟罢，取云笺百幅，大写诗章。　　黄花依旧凌霜，但人物风流慨以慷。笑东篱酒饮，微睁醉眼；西风帘卷，萦损柔肠。青帝黄巢，犹嗟冷寞，报与桃花一处香。乘风去，把芳芬秋色，播满潇湘。

沁园春·读赵扬名先生
摄影作品集《中国浯溪》

　　明媚春光，喜读新书，《中国浯溪》。看三峰沐浴，朝霞夕照：百花掩映，怪石奇碑。铜像轩昂，香桥娇小，六厌亭高围绿枝。摩崖上，有天球拱璧，闪耀清辉。　　先生巧运才思，揽醉美风光入相机。让林中留鸟，呼来馥郁；江间石柱，撑起虹霓。个性张扬，融情于景，感悟心灵一片痴。好江山，靠镜头多彩，绘出丰姿。

李时英（衡阳）

沁园春·浯溪

　　南国奇珍，潇湘胜迹，自古传名。看岸柳堆云，惊涛卷雪；清溪溢翠，趣洞怡人。地号三吾，崖称三绝，岿然峭石尽碑林。登临处，听江风递送，朗朗书声。　　浯溪自是多情，惹无数骚人尽倾心。有次山名颂，心诚意峻；真卿墨迹，字重情深。俯仰江山，忧怀国事，千年相印古今心。抬望眼，瞻陶公铜像，涕泪纷纷。

蒋华轩（零陵）

沁园春·颂陶铸

　　楚永祁阳，胜地浯溪，历史风光。眺冬天山景，枫林红叶；青松翠柏，挺耸穹苍。圣水清清，流声汨汨，涌渡香桥气喷香。风光好，遍嶙峋怪石，碑勒山岗。　　陶公塑像端祥，为革命忠诚正气昂。赞人民儿子，鞠躬尽瘁；几经起义，戎马沙场。四害横行，惨遭陷害，奋斗一生别故乡。含冤逝，正魂昭日月，百世流芳。

邹　雯（祁阳）

沁园春·谒陶铸纪念馆

　　曩欲追随，惜未成行，只有神游。忆东南洒泪，情同石咏；晨昏杀敌，功著神州。推倒三山，操劳五省，襄助周公慎运筹。云程远，忽十年浩劫，鹏坠山陬。　　功该万世芳流，我敬谒遗容感慨稠。倘哲人不去，国家多好；劲松都在，风景尤优。龙要飞腾，国须统一，难得人才怎不留？请安息，幸而今改革，时有丰收。

　　注：抗日战争时期，陶铸同志从大别山寄信给家叔，引用石达开诗句："我志未成人亦苦，东南到处有啼痕。"

胡策雄（祁东）

金缕曲·游浯溪

　　一峭垂天起。正暮霭千寻古堞，寒烟笼碧。脚底奔流回叠嶂，掌上明霞罗绮。更数点寒鸥天际。千里菰蒲传阵雁，知桑田几度人间易？汀月白，明芳沚。　　悠悠长使人相忆。笑颜元摩崖三绝，徒留陈迹。不尽长河千古事，多少英雄豪气！竟谁是风流盖世？假我文章抒四化，开羲皇百代新元纪。冀莱瑞，江豚麾。

黄　嵩(祁阳)

金缕曲·瞻仰陶铸铜像

铜像耸天阙。忆陶公,一身正气,青松风格。面对林江掀黑浪,依旧坚持原则。要永葆江山红色。一顶保皇帽子戴,便含冤负屈红羊劫。写诗句,蘸心血。　　春潮滚滚红旗拂。喜而今,春回大地,伸冤昭雪。故土人民迎接你,装点浯溪风月。铜像铸将军忠魄。今日三行鞠躬礼,誓继承遗志朝前越。不回首,志如铁。

李麟书(祁阳)

金缕曲·浯溪纪游

一片摩崖石。历千年惊雷骇电,土花腾碧。阅尽征帆烟雾里,多少词人骚客。伴渔火江枫清寂。月满蓬壶风露冷,护碑亭阵阵秋虫急。似倚幌,仙娥泣。　　奇文自古供名笔。竞传诵使君清政,鲁公忠烈。公案千秋唇舌苦,谁重中兴宏业?只铁画银钩如载。午夜滩声喧不住,诉重重幽愤何时歇?风正吼,檐间铁。

金缕曲·省政协考察团书画名家浯溪雅集

何问兰亭也。千年来,太师铁笔,腾声岩野。蝘叟涪翁双璧拱,装点江山如画。正霁色岚光相射。柔橹溪声禽鱼乐,俯澄澜一碧冷无价。看镜石,云烟化。　　胜流雅集摩崖下。颂中兴元公高致,绩追班马。今日皇华张盛业,万斛词源如泻。修禊事徒留佳话。画意诗情新格调,数丰碑他日如斯寡。歌金缕,侑玉斝。

伍锡学（祁阳）

乳燕飞·忆求学祁阳三中

乳燕飞窗牖。忆当年，浯溪求学，情丝千绺。大布衣裳粗木屐，校内从容行走。生活苦，面容清瘦。傍晚携书湘水畔，背磨崖默诵诗三首。花朵亮，树苗茂。　　老师夸我文章秀。更难忘，鸿儒批语，期望深厚："此中有人呼欲出，精致堪称佳构。"一学姐，脸如红豆。毕业急追临渡口，递湿柔玉照留连久。吾不解，是情窦。

注：鸿儒，指时年67岁的雷声溢校长。

六州歌头·陶铸铜像

浯溪端坐，凝视故园春。脱呢帽，穿制服，敞衣襟。若平民。容貌宛然在，慈祥目，和蔼面，温暖手，龙姿态，虎精神。翠柏青松，还有红枫叶，护卫忠魂。塑巍巍铜像，超过六千斤。安颗丹心，重万钧。　　忆怀宏志，家园别，奔四海，踏征尘。浴战火，经弹雨，闯枪林。进牢门，心底无私念，爱祖国，为穷人。四十载，跟党走，建功勋。晚岁含冤致死，盖世业，永耀乾坤。使游人到此，热泪湿罗巾。敬吊忠臣。

莺啼序·兄妹游浯溪

金风送凉拂拂，正天高气爽。太阳出，牵出朝霞，绚丽铺作绸幛。兄妹俩，俱逢放假，骑车一路多欢畅。进公园，恭献鲜花，鞠躬铜像。　　登上东峰，虚怀阁里，看湘江浩荡。往东指，宝塔凌云，西边湖面宽广。进碑廊，缅怀利见，抗法寇、豪情千丈。悦宧尊，小憩亭中，交谈希望。　　回环磴道，有石窈然，米芾磕头响。四下里，小峰胜异，石窦幽深，竹木繁浓，叶摇枝晃。琳琅满目，摩崖碑刻，元文颜字成圭璧,致游人,万里来瞻仰。含晖镜石,神奇可鉴唐宫。夬符滴血崖上。 盘桓桥畔,溪水泠泠,似碧琼流淌。更有那,山藤翠软,岩桂香添,蝶舞鱼翔,雁来莺访。巉巉双石,龙珠溪口。唐亭六爱言六厌,倚朱栏,极目云天赏。开心锦绣风光,醉了江南,纵声歌唱。

周成村(长沙)

【南吕·一枝花】浯溪行

云逐九嶷飞，水入浯溪净。一川奇石悠，仿佛聚宝盆。似壁立，似虎队，如狮雄。千姿百态，满目玲珑。诗海词林，翰墨风流韵，尽擅唐宋风。拂尘埃、历久弥新，涤肝胆，气爽心宁。

【梁州第七】峭壁巍势傲群峰，吴钩凛气贯长虹。神州瑰宝中兴颂。摩崖三绝，名垂二公。劈石开天，叠彩飞琼。颜鲁公文如其人，黄山谷字适其文。龙蛇字圆润雄浑，不朽文荡气盈胸，磊落翁日月星辰。地灵，石灵，镌刻先贤家国梦，高情动玉京。凝聚中华民族魂，凤翥龙腾。

【煞尾】读罢大唐中兴颂，又吟新曲踏莎行。陶公典范如明镜。凭候东风，礼赞青松。陡然一股英雄气，使老牛不用扬鞭劲头涌。

李建容(娄底)

【中吕·迎仙客】瞻浯溪碑林

进苑门,赏碑文。浯溪石镌真个神。语堪精,情亦真。告慰英雄,后世旌旗奋。

吕荣健(山东)

【越调·小桃红】浯溪揽胜

采风游侣溯清湘,古岸高崖旷。碑刻琳琅翠微上,擘书旁,昏花老眼登时亮。惟贤目光,亦须巧匠,何况在祁阳。

吴炯姣(女,长沙)

【正宫·叨叨令】浯溪感怀

传承文化千秋颂,浯溪石刻名臣送。书林诗海风涛弄,一园好景江山共。继往也也么哥,继往也也么哥,只为实现复兴梦。

伍锡学(祁阳)

【双调·碧玉箫】春游浯溪

春雨沾衣,小鸟向天啼。香气扑鼻,古树傍亭欹。红花阵阵飞,青石磊磊堆。撑伞喜,细赏摩崖美。碑,帧帧如琼璧。

邹学锋(郴州)

【中吕·普天乐】重游浯溪

彩云飞,黄花候。浯溪灵秀,仙境重游。三绝堂,诗联诱,风雨千年兴衰透。思镜石,爱恨难休。江涛轻奏,今人往事,如水长流。

李 雅（郴州）

【越调·天净沙】瞻浯溪陶铸塑像

祁山石洞陶公，一腔热血鲜红。指点江山兴涌。普天人共，青松永耀苍穹。

陈中寅（祁东）

【越调·天净沙】过浯溪风景区

亭台倚水清奇，宋唐风韵依稀，祁浦摩崖壮美。三吾情对，古今多少人迷！

周仲生（祁阳）

【中吕·山坡羊】游浯溪

峿台峻峭，浯溪曲绕， 亭高耸清风妙。渡香桥，乐渔樵，陶公铜像千秋耀，盛誉唐碑珍异宝。山，无限好；水，无限好。

郭述鲁（山西）

【仙吕·醉中天】为浯溪全貌照谱曲

墨迹摩崖在，诗句壁岩排。石径凉亭古树埋，绿水深如黛。风送渔舟欸乃。吼声"山寨"，羞红少女桃腮。

【仙吕·游四门】浯溪菊月

问君何处可消愁？浯水访金秋。天蓝云淡黄花瘦，郁闷顺溪流。忧，尽在望中丢。

【仙吕·一半儿】他日访浯溪

三千弱水诱青眸,十万玄机藏白头。欲去浯溪何所求?论因由,一半儿缘诗一半儿友。

蒋大业(永州)

【桂殿秋】游浯溪

游胜地,览浯溪,摩崖古篆鲜人知。宓尊夜月峿台上,俯瞰湘江骇浪姿。

【桂殿秋】浯溪乐

风啸啸,水潺潺,悬崖峭壁尽情攀。湘江碧水擦肩过,月夜峿台景色斓。

冯国喜(祁阳)

自度曲·浯溪揽胜

结茅庐,住漫郎。勒摩崖,颂大唐。春秋笔法任思量。千秋事业三杯酒,万古江山一夕阳。看看月又烟波上,撮几句陈辞老调,恨古人不见吾狂!

孟　起(长沙)

自度曲·祝陶铸同志塑像落成

浯溪山水秀,骚人墨客游。颜黄米何挥笔处,堪称绝唱酬。石史冠三湘,琳琅尽满目。剥蚀损毁殆尽时,得救赖陶铸。

何首锋(永州)

浯溪胜览

　　流水涓涓,薄雾茫茫;绿筠交茂,翠柏敷荣。幽曲明净,香桥精巧;片山有景,寸石生情。古亭秀可佐餐,浯溪情可漱玉。峿台高居中峰,庼庼雄临南邑;宊尊虚怀泱泱增秀,宝篆渡香熠熠生辉。季瞿袁滋篆"三铭",启后昆振奋之志;元结真卿书"三绝",扬大唐中兴之颂。奇峰异石映带潇湘,诗海碑林胜似西安。感墨客而啸咏,引逸士以陶情。缅陶公之嘉言懿行,赞诸家之丽诗华词。思伟人而奋发,赏佳景而讴歌。

王　　鹏(祁阳)

浯 溪 赋

　　《东风》诗云:"闻道浯溪水亦香,最忆故园秋色里。"赫赫浯溪,皇皇胜迹。千载元颜,万年文字。鹤立于瞻前顾后之平台,蜗居在继往开来之位置。水石清华,风光旖旎。落日流霞,飞珠泻碧。拂草木之红尘，生潇湘之绿意。地灵兮墨海诗山，人杰兮书旌吟帜。

夫唐室次山，道州刺史。智水仁山，经天纬地。居卜祁阳，怀舒己志。浯溪名，峿台开，唐亭修；大唐颂，真卿字，祁阳石。从此，浯溪以文字而成明珠，文字以浯溪而为真谛。画卷宏开，鸿儒博识。曰文绝，曰字绝，曰石绝，三绝流芳；感天惊，感地惊，感人惊，三惊动世。

嗟乎，知古而今，少长咸来；闻中而外，群贤毕至。韵士文人，援绝壁而盘桓；专家学者，拭残苔以求是，浯溪波砥笔头香，大颂声教天下立。骚人斗诗以颂中兴之颂也，墨客争字以书颜体之书也。诗超《诗》五百余章也，字胜字百十诸子也。唐宋元明清之五朝百家争鸣也，诗词铭序赋之五体百花齐放也。正气树而清风生，中兴推而国步起。

噫！举足纡回进退，知古知今；凝眸俯仰高低，见仁见智。浯溪载乾坤，摇渡香桥之倒影，潜形于天；峿台邀日月，举寔尊白以醉歌，失足涉秘。唐亭艳文字，倚摩崖而放歌，声逐湘灵之鼓瑟；石镜涵春秋，映楚水而荡魄，浪翻屈子之离骚。卷唐虒之珠帘而生六厌，无非望断潇湘千里之余波；抽元子之宝剑而倚九天，原是裁开"圣寿万年"之半壁。耳闻之而为新声，目睹之而为特质。科研之以无穷，时习之而无极。斯文乃古人来者声情之真，此字乃毛笔书家合拍之善，其石乃皇天后土文明之美，该契乃切磋琢磨精细之式。堪范堪仪，可歌可泣。任陵谷之变迁而须臾，贞固而不以残花败柳之秋霜所剥离；耐流光之荏苒而迅迫，岿然而不以走石飞沙风雨所迁徙。渔舟唱晚，响回万卷书崖之涯；帝子惊寒，声咽零陵斑竹之际。安乎哉？巡逻八仙，吕洞宾之剑影镇妖魔；净也者！卜算八卦，柳通判之符光驱邪气。

游踪，屐齿。朝而来兮迎素月，暮而去兮送夕阳，步步惊虎胆，隆隆出地之春雷；字林，文史。口而诵兮号中兴，心而维兮呼圣洁，声声壮龙魂,赫赫丽天之秋日。情与理到此以平衡,废而兴于斯以诠释。拓片纷飞寰宇,承传四海之龙人;松声回荡摩崖,代有三湘之祁子。墨泼浯溪大颂书,旗开赤县中兴指。翰墨滔滔不已,若鼓湘水之奔涛;诗书邈邈难穷,极胜古文观止。

陈朝晖(祁阳)

浯 溪 赋

　　永州北域,祁县南郊。中国浯溪,明珠显耀。系旅游之胜地,享盛誉于历朝。

　　浯溪之水,未尝浩渺;浯溪之山,非为峻高。然其溪不宽而水美,山不峻而石奇。位列四Ａ之上,身置国保之中,不因之山高水险,而在其崖峭石奇也。

　　有唐人元结字次山,官迁道州刺史。辞圣帝,离长安,奔驿路,出洞庭。辗转于湘水之上,荡漾于烟波之中。船暮至祁阳,见一山耸峙,古木参天。长藤缠绕于悬崖峭壁之上,归鸟啾鸣于翠柏苍松之间。遂登岸览胜,见无名小溪,水清冽而游鱼现,味甘甜而野炊成。红花绿柳,粉蝶黄莺。因爱其胜异,遂结庐溪旁。称小溪为浯溪,名高台为峿台,筑凉亭曰庼亭,世称三吾。

　　浯溪摩崖,斧劈刀削;祁阳奇石,可镌可磨。著《大唐中兴颂》于当朝,心昭日月;请鲁公颜真卿以墨宝,字耀山河。镌刻于摩崖之上,留芳于寰宇之中。《遗产》载名,文、字、石摩崖三绝;游人留迹,南、北、中浯溪众峰。望族显官纷至沓来,文人墨客摩肩接踵。吟诗作对,把酒临风。挥毫而帖集,勒石为碑丛。行行珠玉,字字玲珑。浯溪以摩崖饮誉,碑林因文字称雄。

　　陶铸乃国家砥柱,祁阳是伟人故乡。请铜像于园内,邑人额首;迎贤哲回故园,祁邑生香。松树风格,人民钦颂;无私情怀,万代传扬。

浯溪摩崖，珍藏国家之瑰宝；祁阳山水，见证世纪的辉煌。

高求志（祁阳）

浯 溪 赋

潇湘千里，金石三吾。碑颂中兴，文堪良史；天开孔道，地据奥枢。瑶瑟凄清，竹忆湘妃之浊泪；熏弦化育，人怀舜帝之玄都。剑影刀光，事溯上元二载；崖珠壁玉，名侪天下五湖。同沐松风浩浩，长闻竹树苏苏。

三峰独峙，万壑骈联。惊鹊游鸿，双清风月；栖鸾驰鹜，一碧水天。湘棹千帆曾渺渺，溪声五里旧涓涓。似莽乾坤，能堪几瞬；如萝烟露，一掷千年。溪本无名，粤自移家之漫叟，熊岭之酒妖常至；亭原六厌，顷因划剑之吕仙，龙山之诗蠹犹传。万卷书岩，遥负文昌古塔；五更瑶瑟，常萦天籁寒泉。青石自堆山，宁非昔日补天之所剩；红尘难到处，信是千秋厚土之相怜。曾闻劫换红羊，穿碑痛看屡成灰烬；漫喜潮生白马，祁甸欣逢自奋先鞭。崖磨千尺，大唐之颂独高，飞鸟过之难立迹；潭深万仞，古渡之名弥著，鸣蝉倏尔在回鲜。堂名三绝，元颜之文字生辉，山高水大；路入九疑，韶護之遗音未渺，雨打风牵。窊尊之琼液不干，酌以峿台之夜月；漱玉之晴岚斯照，毖兮书院之冰弦。香桥渡香，四季之芷芳潜绽；翠亭揽翠，层峰之松籁相宣。臧辛伯之留题，遥想老仙逸兴；杨息柯之持护，谁怜愁篆新镌。

惟思大唐天宝之时，承平日久，风气遂浮。白骨寸功，几多骈兵之边将；朱门腐臭，一体跋扈之王侯。燕许之讴歌不歇，李杜之疾愤何求。红紫哥奴，繈儿豢于虎穴；绿衣角女，娘子宠于龙楼。岂奈渔阳祸起，鼙鼓弥天，胡羯犬羊奔窜；洛邑荼涂，腥臊遍地，权臣狐鼠横流。潼关无可御之兵，翠华西狩；马嵬有堪哀之鬼，圣骑北投。自励元颜之志，还咨郭李之谋。十年恢复，一旦归休。山水天成，宜家宜宅；林泉地戴，载酒载游。

石镜端如人鉴，唐纲竟似胡膻。解缙之诗碑可觅，米颠之画舫流连。三十本唐碑，多成漫漶；三百年宋事，谁与纠偏？秦淮海之远逐岭南，华章对月；黄山谷之但悲身后，妙墨笼烟。造极之图初绘，殷忧之恨同笺。史笔春秋，范成大之独书罪案；风骚巾帼，李易安之两和名篇。张于湖之北望神京，泪珠双落；岳武穆之东来桂岭，肝胆俱坚。奈何神域陆沉，半壁之偏安已就；沧桑海沸，中兴之寄望难全。呜呼！迁客骚人，都成痛史；党争国祸，一例华筵。盛世如今，华夏之中兴可望；沧桑而后，黎民之大梦同圆。

绿云堆涨，玉宇生凉。柳岸行吟，扪抚太平晴雨；篁溪垂钓，浑融素练清光。更今截断险滩，平湖涵碧；铺成画卷，远岫浮苍。磨尽英雄，斯文独为两翁寿；逗余风物，此石常滋一水香。

伍锡学（祁阳）

春游浯溪赋

（以题为韵）

癸巳孟春，天气和温。东岭升朝日，晴空布彩云。招引浯溪诗社同志，结伴三吾胜境踏春。风微微兮送暖，水湛湛兮成纹。跨过湘江长桥，踱进公园大门。

陶铸铜像，倚靠山丘。庄严肃穆，炯炯清眸。勉励人们，实事多干；叮咛后辈，虚名莫求。心底无私兮看乾坤宽广，胸中有志兮任日月沉浮。

登上高峰，心旷神舒。楼台掩映，花木扶疏。欧阳利见碑廊，镶立四方御制；民族英雄功业，光辉千载史书。虚怀阁上雄鹰，冲进霄汉;古拙亭前粉蝶,飞入画图。宨尊积水兮有如美酒,金石发音兮胜似新竽。身依乔木而影遮峡谷,手挽花枝而香袭衣裾。脚下波涛滚滚,浩荡湘水;对岸高楼幢幢,繁华城区。东眺书岩叠卷,擎起七层宝塔;西望大坝横江,截成十里平湖。

　　亭中小憩,日已移西。移步换景,来至浯溪。喜观赏岩石秀绝,细模写摩崖珍奇。看不厌篆隶楷行草,读不尽赋铭颂诗词。绿树阴中,听水流潺潺清响;渡香桥畔,见塑像伟伟英姿。颜鲁公紧握椽笔,元刺史勇披征衣。二公同心同德,铸就惊孽臣、泣国妖、除祅灾、膺万福之大唐中兴碑。于是乎,登入三绝堂中,拜读拱璧史诗。时而拊掌大笑,时而扼腕叹息,时而狂笑仰天,时而痛哭低眉。觉悬崖在崩塌,觉石柱在倾敧。觉千军在厮杀,觉万马在奔驰。为太平献雅颂,为百姓诉酸嘶。为社稷涂肝胆,为中兴举旌旗。词气纵横兮偕星月,笔势浑宏兮走蛟螭。

　　游兴未尽,还有去处;新制丰碑,南坡高矗。雕刻陶铸洪文,纵情讴歌松树。只为人民服务,不向世间索取。共产主义风格,应当永远称许。兰花合瓣,饱瞻水色山光;宿鸟归巢,不觉云收日暮。有幸凭临此地,读一遍以招魂;自当景仰高风,感千秋而作赋。

方　向(祁阳)

浯溪摩崖三绝赋

　　县治西南,浯溪水香。小溪本无名,得名始于唐。因中唐名士元结,两刺道州,五过浯溪,爱其胜异,遂家溪畔。初刻"三铭"诗,继刻"中兴颂",自此声名远播,百世流芳。为浯溪胜景之中心,是中外游客之期盼。

　　《大唐中兴颂》因石奇、文奇、字奇,世称"摩崖三绝"。摩崖之石,绝妙天然。奇峰耸立,雄峙矫健。下临深潭,上触蓝天。刀削斧劈，巍峨峻险。石色清润，质理细坚。浑厚刚毅，可磨可镌。刊此颂成洋洋大观，传千古而希世罕见。

颂乃奇文，传世经典。形式突出革新，内容以史为鉴。三句一韵，平韵到底。语短而情沛，意深而言简。不讲对仗平仄，不饰词藻用典。吟诵乃铿铿然似行云流水，意会则陶陶然而破石惊天。借安史之乱启迪后世，示天下之君勿用佞奸。享乐无度腐败昏庸必将殃民祸国，适时负重策马奋进才能瑞庆绵延。"地辟天开，蠲除祆灾"乃次山之呐喊；"盛德之兴，山高日升"系民众之夙愿。远古唐朝，当今华夏，均欲中兴。中兴是神州之灵魂，永远呵永远！

元结三思而后扬，文成待机而雕镌。卜居浯溪，他情有独钟，披荆斩棘，将庐堂修建。先磨平石壁，后延书法大师颜真卿书颂于石间。赫赫然，昭昭然，庄严肃穆，灵光闪现。鲁公神品，举世瞩目，交互辉映，大气彰显。浑厚、壮阔、阳刚、方严。毫端犹隐孤忠之气，字如其人襟怀坦然。

为维护"三绝"珍品，北宋之县令齐术始建"三绝堂"。引后人，风起云涌，一睹为快，撰文赋诗，择石刻录，令人神往。宋元明清，佳作迭出；当今文人，翰墨飘香。愿浯溪，似明珠。文脉不断，源远流长，饮誉中外，永放光芒。

颜　静（祁阳）

峿台赋

峿台，乃浯溪秀之华，势之尊，神之灵。烟墨素描，自成范宽溪山；拙笔实写，即有李白诗风。

百步蹬道直上，之字幽径曲行。涉危履险，揽葛攀藤。苔藓斑驳，萝蔓掩映。汉柏秦槐，古意盎然荫地；吴莼越梅，暗香淡然染衿。溪水莹洁，流紫漂红；柳丝柔媚，吐黄垂青。露叶花缀，云杪雾升;凉亭气淑,翘檐飞虹。草际玄蝉蝶语,树里紫燕莺鸣。石韵金音,沁心清廉美曲;棹歌楚色,植耳悠闲乡情。

峰顶台平,险像横生;危栏半匝,触目心惊。刀削危岩,巉峭深入地幔;斧劈绝壁,嶙峋直刺苍穹。迎扶桑之高寒,浸渊潭之深泠。两峰毗邻,东西佑护;四野广袤,南北开明;旷甸毓秀,高岭虚晶。浮光熙熙,旭日昑昑;峰巅白光炫目,脚下惊鸿瘦影。薄寒浅浅,梅雨淫淫;湘江洪波激壁,洲头苍凫潜形。登高怀虚,超然忘形;远眺目盈,昂然起兴。烟波浩渺,荡尽名缰利锁;闲云野鹤,点化道骨仙风。衣袂飘飘,疑与嫦娥舒袖;遐思翩翩,仿佛列子同乘。

巉岩黝黑,镜石光青。姿态成趣,摩崖点睛。金石古茂遒劲,猎猎兰亭之风;文章泓峥萧瑟;款款天籁之声。中兴铭刻荫蔽,三光昭昭;银钩蚕尾依稀,四时炯炯。乾隆赞曰"天球拱璧",骚客敬仰流水朝宗。拆白道字,可化郁结怡心;钩深索隐,能开昏蒙净性。

平台石印,咄咄煽情。清风寒江,皓月临空。漫郎把盏,鲁公乡衡。山神怜才,湘水酿酒入尊;吕仙护贤,宝剑劈妖遗踪。慨然思之,其言听之能娱,其意思之可省?人恨曲、圆、奸、媚,神敬忠、直、方、正。天地一理,古今同声。九羊十牧,尸位素餐酒妖倘在;三申五令,黜陟幽明宝剑谁擎。晏婴不以利近市,潘岳而以乐面城。古云:小人怀土,君子怀德;小人怀惠,君子怀刑。圣训夜铭于心,日践于行。诘言实非流言于野,咒天于井。峿台错躬,武陵遗境。妄自言之,实缘赋也!

桂　芝(祁阳)

唐亭赋

客岁,学友李兄过予,谈及浯溪胜境,不禁喟然叹曰:"美哉!潇湘之明珠!唐元结于此,曾倾尽心力,营建'三吾',即浯溪、峿台、唐亭。唐亭原名唐庼。庼，小厅堂也，亦系有遮风围墙之亭也。然此三者，君以为何者最胜？"予曰："怪哉，李兄之问也！譬之绝代佳丽，美目修眉，雪肤花貌，皆相得而益彰，岂独尊一发一齿乎？"曰："虽然，总有最令人目醉神摇者。依予浅见，唐亭最胜。"曰："何所据而云然耶？愿兄试道其详。"

　　李兄曰："唐亭丽质天生，元子钟爱至极。君已知元子铭浯溪者六，《唐亭铭》即系其一。铭中云：'异木夹户，疏竹傍檐，瀛洲言无，谓此可信。若在庼上，目所厌者远山清川，耳所厌者水声松吹，霜朝厌者寒日，方暑厌者清风。厌，不厌也，厌，犹爱也。'此处，绘之以'六爱'，拟之如仙山，其爱之深而赞之高，他处可得见乎？且夫远山逶迤，烟光凝而翡翠叠；碧水晶莹，轻风动而涟漪生。春花夏木，随波招展；寒潭秋月，沉影旖旎。松涛响籁，如万军之赴阵；泉声漱石，犹倩女之轻歌。秋霜结草，旭日临而水雾升；骄阳烧天，凉风生而周身爽。如诗如画，悦目赏心，人世间几曾见之？元子之深爱极赞，岂足怪哉？"

　　予频频颔首，颇有同感。李兄继而言曰："然则，唐亭之美，未可以'六爱'而视为观止也。君不见青螺立于天镜，竹木郁乎亭周。春潮则双龙抢珠显于目前，冬夜则两三渔火隐于崖下。溪水飞花溅玉，渔歌送爱传情。清晨鱼跃水面，夕照雁归芦洲。长虹横空，彩车与云影齐飞，晶波流银，木排共机轮争发。如此锦绣风情，吾以为仙界亦未必过此！"

　　予欣然赞同，以为独抒新见，闻所未闻。

　　李兄进而发挥道："夫江山胜迹，人文所系；地以人传，人因景显。唐亭，盖元子养老娱亲之作也。若仅见其审美之价值，又恐失之过浅矣。故吾辈登此亭，当思元子之侍母，丰衣足食以养之，赏心悦目以乐之，遮风避寒以护之，叶落归根以安之，其孝亲之道，可谓体贴入微。中国古时有所谓二十四孝，奉亲各有千秋，诚可敬也。然孟宗哭竹,疑近虚妄;王祥卧冰,似涉荒唐。未若元子之亲切近人,心迹俱备,因而感天泣神也!若夫更周游浯苑,临峿台思其清廉,听浯溪知其雅洁,观浯碑感其忠义,则尤能综见其人格之高尚,德操之完美!值此复兴中华宝贵文明之际,吾辈承传此完美品德而光大之,于构建美好和谐之家庭社会,不亦善乎?"

予不胜欣悦,赞道:"善哉,李兄之灼见嘉言也!"遂请记之,并命曰《峿亭赋》。

黄承先　蒋炼　欧阳友徽　伍锡学(祁阳)

虚怀阁利见碑廊记

浯溪胜迹,遐迩闻名;石奇水秀,摩崖天成;三峰岿然,各富神韵。

东峰之上,清乾隆三十四年(一七六九年),县令宋溶始建一亭,外旷而中虚。故以虚怀名之。清同治元年(一八六二年),加以修葺。日寇侵祁炸毁。一九六一年重建。因岁月推移,柱朽檐倾,岌岌可危。

清同治皇帝敕制褒勉邑人、浙江提督、振威将军、一品大员欧阳利见的四方名碑,世所罕见,亟需建廊保护。

邑人、退休干部陈昌世伉俪及子寿生、冰、金山,慷慨捐资二十五万元,改造虚怀亭,新建利见碑廊。旋即精心设计,完美施工。为异于园内诸亭,改亭为阁,二层,正方形,混合梁架结构,重檐歇山顶;利见碑廊呈扇形,木质穿斗式,单檐歇山顶;旨在仿古胜古,精益求精。

阁廊新成,浯溪焕彩,登阁揽胜,江风入怀。但见长桥飞卧,车水马龙,高楼鳞次栉比,市貌欣欣向荣。东望江堤染紫,浯洲凝碧,文昌塔遥相照应,太白峰隐约可寻。西眺江连远空,水天一色。忆及舜帝巡祁，漓湘结邻，会当胸襟一展，心神振奋。

小憩碑廊，缅怀先贤。当年法军进犯镇海，全赖欧阳将军督率有方，同仇敌忾，众志成城，击溃强虏。如此奇勋，中外震惊，后人莫不为之鼓舞，致力中华振兴。

阁廊于本年二月兴工，五月告竣，爰撰兹文，用以纪之。

祁阳县人民政府

二零零四年七月

黄建华(祁阳)

峿台亭重修记

亭立石巅高天，俏屹千寻摩崖。钟潇湘之神秀，汇楚南之精灵，为名园之冠首。有亭翘然，沐风栉雨，迎雪斗霜，渡唐宋，越明清，跨民国，迤逦于今。下临洄潭，危崖峋嶙，错落各异。上可擎天，携岚流丹，日月垂肩。登临望远，极目江天，峿台晴旭，捧日而出。攀援伫台，生津有慰，石涌酒泉，窊尊夜月。声名遐迩，碑石成林；元文颜墨，尤为臻辉。

峿亭若金，史迹悠长。亭位浯溪中峰，焕彩一千余年。系唐代元结躬筑，经后代八次重建。恩颐百世苍生，永存人文精华。然则风雨剥蚀，沧桑侵袭，古貌生变，急待再次修葺。

今者，霞帔华夏，政通人和。煦风达意，祁邑巨变。民思中华之梦，地开时代之新。三吾蒸蒸向日，文教兴县空前。重观光，起宏图，美浯园，鼓角闻。顶层主导，民间襄沛。楚天股份科技，当仁捷足领先。峿台亭 庴亭双修，景点旧容换新颜。鸠工庀料，历时半载。丁酉年底，大功告成。

古亭重光，依岩就势，俪缀而立，其容更佳。览八面六角，轩窗琉瓦，飞檐斗拱，好似明珠璀璨；观阁柱巍峨，昂首瑶宫，凌霄翼张，有如天马行空。相伴浮翠飞绿，胜盖蓬莱；眸收城楼林立，霓虹辉煌。更有两桥横卧烟波，一江潋滟溅玉，车来帆往，岂不美哉，何不乐乎？

为纪念峿台亭和㕏亭重修，特勒石刻碑，以飨盛世今也。

中共祁阳县委

祁阳县人民政府

公元二〇一八年三月

冯国喜 唐盛明（祁阳）

峿台宷尊亭记

浯溪秀出三峰若笔架，中峰即峿台。其上凌云表，下当洄潭，苍苍然若泛舟波上。石巅有亭翼然，远望若舰岛焉。夫元结卜居之初，于石巅凿尊聚饮，且结茅如伞盖以避风雨，曰宷尊亭。宋邑令齐术改作攒尖顶四角亭，曰镜亭，声名日著，虽几经兴废，而游人不绝。文人达士登眺其上，多有题咏。

当其晓雾初收，轻烟微抹，白鸥数点而峰青，欸乃一曲而水碧，忽睹红日被文昌宝塔挑出，湘水蒸霞，祁山织锦，明人曾题亭额：峿台晴旭。

至于登临长望，无远不尽，舜巡北岸而成墟，妃望西崖而凝石，苏东坡失笔化鱼，岳武穆渡河击楫，是耶？非耶？令人发思古之幽情。

若夫秋空皎澄，琵琶清泠，磨开桂月，画出蓬山，邀三五朋酣饮于亭中，对月长啸，此乐何及！故清末亭圮后，有李蒔聊作酏月露台。

自宋以降，斯亭已九修矣。今祁阳县委、县政府重视，楚天科技董事长唐岳慷慨解囊,重修宓尊亭及吾亭,其设计尚古,构架宏阔,乃盛世襄文兴旅之义举,德莫大焉。昔漫叟自制三吾,岂旌吾所有耶?江山风月本无常主,得闲便为主人。夫不闻公者千古,私者一时,信然。

高求志(上海)

《大唐中兴颂》碑赋 并序

湖南祁阳县南五里,湘江之滨有浯溪焉。溪本无名,唐元结却西南夷于道州永州邵州,戎旅之间,得浯溪,乃有三吾之命名,后遂家焉。时安史之乱方殷,闻两京收复,为作《大唐中兴颂》,请颜真卿大字手书,镌刻于磨崖绝壁。元文、颜书、磨崖,向称三绝。予昔三年就学溪畔,暇即往观。拜读碑刻,摩挲文字,其千古忠愤之气,贞爱之殷,时时不敢忘怀。值今国家繁盛,中兴有望,乃敷陈俚辞,冀能发明其贞心素志于万一。是为序。其辞曰:

呜呼大唐!贞观开元,淑景无常。彼百年之盛世,遂遽尔而几亡!两京莫守,半壁沦伤。爱妃受缢于马嵬,圣主窜奔于蜀乡。腥膻弥漫于四海,烽火毒涂于八荒。黔黎饿死于暴酷,僚吏偷生于虎狼。天下之滔滔也,何图一至于此哉!

当其全盛之时也,乐浪带方复为郡县;葱岭咸海且作城池。漠北罢和亲之使,交南有伐罪之师。四境有安东、安西、安南、安北、单于、北庭,六大都护;三边则突厥、回鹘、铁勒、室韦、契丹、靺鞨,悉数羁縻。象郡、炎州之玩,鸡林、鲲海之奇,莫不结辙于象胥,骈罗于典仪。荔枝从闽海而骑贡,天马自大宛而来驰。肃慎献石弩楛矢,匈奴遁大食波斯。扩秦汉之驰道,浚京杭之运河。腐官仓之稻黍,烂苏浙之绫罗。帝室库藏之富,豪家珍异何多!沙海功臣,万骨几厘荒土;明妆越女,千金一曲新荷。骊山之软玉温香,照临石镜;渭水之凝脂涨腻,熏煞铜驼。大内梨园,天子制霓裳醉舞;沉香亭北,谪仙成芍药酣歌。酒肉朱门腐臭,椒庭皓首宫娥。红紫哥奴,张九龄吟感遇之叹;绿衣角女,安禄山举乱逆之戈。

于是,承平日久,望风瓦解。一朝一旦,潼关无御寇之人;重岭重关,剑阁非晤仙之界。陵庙陷于犬羊,纲纪终焉崩坏。千里萧条,群魔炫怪。朱虚侯之已死,周公旦之何在?大唐之败,一何其快!

呜呼大唐!北有安史八年之陷乱,南则蛮峒数纪之奔忙。所赖郭李精诚,挽狂澜于既倒;许张劲节,励士气以激昂。

元结乃崛起行间,招募义兵。恰史思明之虏河阳,以一旅而全十五城。佐吕諲于荆赣,抚瑶峒于桂衡。闻两京之收复,竟感慨而涕零。援翰墨以淋漓,冀大唐之中兴。泣生民之多难,达此意于天听。讶浯溪以小憩,醉湘水之钟灵。

既自号曰漫郎,终卜筑于斯乡。奉慈母以忠孝,赐嘉名于溪冈。磨悬崖之百丈,颂盛德于鸿章。寓微言于大义,托素志于毫芒。镌七铭与一颂,播四山于三湘。吟欸乃之清讴,钓溪口之石梁。酬窚尊于明月,耿长夜之清霜。聆松风以六厌,漱寒泉于莽苍。旌吾人之独有,病时俗之乖张。望山川以终老,倚亭庑而彷徨!

呜呼漫郎!浯溪得公名而崇显,公意以何物而昭彰?世人但爱颜公点划勾锋之磅礴与奇妙,又岂知公此雄文真意之深渺与绵长!慨乎万古千秋讨贼之孤忠,得此嶙峋怪石,终成三绝而颉颃!骋心目淋漓于一纵,涵星辰浩荡于微茫。宜乾坤兮比寿,将日月兮齐光!

乱曰:浯溪水石,万籁涓涓。山高日升,玉润湘川。忠愤之气,烛耀南天。临流慷慨,诉此绵绵。灵崖不废,何千万年!

陶铸铜像赞

湘楚之美，浯溪为最，声名遐迩。磨崖巉巉，元颜发端，千古壮观。松柏苍苍，陶公轩昂，山高水长。瞻公铜像，令吾怀想，发人神往。公坐山间，目注东南，傲视烟岚。幼承庭训，周览自奋，清标逸峻。公生末世，国穷民惫，无以为继。投身黄埔，南昌火炬，铁拳高举。恶豪所迫，流离江泽，趋奔马列。粤闽鄂中，号召农工，屡建奇功。叛徒出卖，铮骨耿介，气质豪迈。中南华南，马不停鞍，大好河山。北战南征，和平北京，万民是膺。节高兰芷，鞠躬尽瘁，死而后精诚枫丹，背负奇冤，夫复何言。化身千百，苌弘碧血，松树风已。格。心底无私，无字丰碑，欲赞何辞；天地俯仰，风涛泱漭，时闻遗响。伟烈流传，照耀山川，何千万年！

后 记

　　2018 年，是浯溪建置 1252 周年。为此，政协祁阳县委员会编辑出版《浯溪水亦香——当代诗人咏浯溪》一书，以示纪念。

　　唐代宗大历元年(766)，时任道州刺史的元结，再次舟至祁阳，对距祁阳邑城南岸的一条无名小溪，"爱其胜异，遂家溪畔"。第二年，将小溪命名"浯溪"，撰《浯溪铭》《峿台铭》和《庼亭铭》，并将"三铭"刻在岩石上。大历六年，元结检出 10 年前所写的平生得意之作《大唐中兴颂》，请好友抚州刺史颜真卿大笔书写，并刻石摩崖，遂使浯溪胜迹享誉天下。尔后，杰士名流，游躅接踵，吟诗作赋，镂玉雕琼，留下了元结、元友让、皇甫湜、米芾、黄庭坚、狄青、解缙、何绍基、吴大澂等人以及越南使者的真迹宝卷。500 多方石刻，蔚成中国最为弘富灿烂的摩崖石刻。浯溪成为文化宝地，旅游胜境，为名胜古迹中的精品。石刻诗文，加上未上石的大量诗文，成为祁阳文化的精髓。这些珍贵的诗文，保存在历代编辑的《浯溪志》中。

　　令人遗憾的是，中华民国三十八年间，没有编写出一本浯溪诗文集。这一时期的浯溪诗文，只有少量保存在有关书籍中。

　　有感于此，编者立志编辑一本当代浯溪诗文。伟大的无产阶级革命家陶铸的《东风》诗云："东风吹暖碧潇湘，闻道浯溪水亦香。最忆故园秋色里，满山枫叶艳惊霜。"据此，编者将此集取名为《浯溪水亦香——当代诗人咏浯溪》，并将陶铸手迹作为书名题字。十几年前,编者就着手这一工作了。翻阅了大量的全国各地印刷的书刊、报纸和私人著作,读到有关浯溪的诗文,就誊抄、复印、剪贴。也有部分作品,是编者多年来专函陆续约来的。至2018年,共得到全国大陆20个省、市、自治区和香港、台湾以及美国、日本、越南的诗人的吟咏浯溪的诗词曲赋2000多首(篇)。经过反复筛选,分类编辑,汇成本书。最后,编入366人的诗词散曲681题896首,辞赋13题13篇。

本书作者的阵营颇为壮观,有党和国家领导人陶铸,有曾任政协全国委员会副主席的王任重,有现当代中国十大女词人之一的李祁。另外作者的职业有将军、士兵、学者、博导、教授、教师、学生、编辑、干部、医生、职工、农民、画家、书法家、摄影师、企业家、个体经营者、港台同胞和国际友人。

吟咏浯溪的诗文,作者首选的题材是古代的骚人墨客已经反复吟咏的摩崖石刻、浯溪八景及浯溪旖旎风光。这是永恒的主题,只要能出新意,就是好诗好文。对于此,我们无可非议。

1988年1月16日,伟大的无产阶级革命家,祁阳人民的好儿子陶铸同志的铜像在浯溪公园揭幕。从此,陶铸铜像成为浯溪的新景点。拜谒铜像,歌颂铜像也成为诗人们描写的重要内容与首选题材。但是,对于浯溪新增的其他一些景点,例如欧阳利见碑廊、《松树的风格》碑、《东风》诗碑、《踏莎行》词碑、《龙腾盛世》碑、樱花园等,大家似乎关心不够,作品很少。

本书所选作品,多为上乘之作。好些作品在《诗刊》《中华诗词》《中华辞赋》等公开报刊发表过。当然,也有一般之作。还有少数作品,无论立意、构思、语言,都没有达到理想高度。少数诗词,在格律、叶韵方面也欠严谨,不够规范。

由于编者视野不广,所读书籍有限,肯定还有一些大家的作品没有入编,从而造成遗珠之憾,或有失偏颇之处,企望鉴谅。加上编者水平有限，主观努力不够，已收作品经几次遴选校对，也难免有差错之处，敬祈作者、读者和方家不吝指教。

编　者

2018年10月